文春文庫

雪《ゆき》見《み》酒《ざけ》

新・酔いどれ小籐次（二十一）

佐伯泰英

文藝春秋

目次

「新・酔いどれ小籐次」おもな登場人物

赤目《あかめ》小籐次《ことうじ》
元豊後森藩江戸下屋敷の厩番。主君・久留島通嘉が城中で大名四家に嘲笑されたことを知り、藩を辞して四藩の大名行列を襲い、御鑓先を奪い取る（御鑓拝借事件）。この事件を機に、〝酔いどれ小籐次〟として江戸中の人気者となる。来島水軍流の達人にして、無類の酒好き。研ぎ仕事を生業としている。

赤目駿太郎《しゅんたろう》
小籐次を襲った刺客・須藤平八郎の息子。須藤を斃した小籐次が養父となる。愛犬はクロスケとシロ。

赤目りょう
小籐次の妻となった歌人。旗本水野監物家の奥女中を辞し、芽柳《めやなぎ》派を主宰する。須崎村の望外川荘に暮らす。

北村舜藍《しゅんらん》
りょうの父。御歌学者。妻はお紅《こう》。

五十六《いそろく》
芝口橋北詰めに店を構える紙問屋久慈屋の隠居。小籐次の強力な庇護者。

久慈屋昌右衛門《くじやまさえもん》
番頭だった浩介が、婿入りして八代目昌右衛門を襲名。妻はおやえ。

観右衛門《かんえもん》
久慈屋の大番頭。

国三《くにぞう》
久慈屋の見習番頭。

近藤精兵衛《こんどうせいべえ》　南町奉行所定町廻り同心。難波橋の秀次を小者に抱える。

桃井春蔵《もものいしゅんぞう》　アサリ河岸の鏡心明智流道場主。駿太郎が稽古に通う。

岩代壮吾《いわしろそうご》　北町奉行所与力。弟の祥次郎と共に桃井道場の門弟。

空蔵《そらぞう》　読売屋の書き方兼なんでも屋。通称「ほら蔵」。

青山忠裕《ただやす》　丹波篠山藩主、譜代大名で老中。妻は久子。小籐次と協力関係にある。

おしん　青山忠裕配下の密偵。中田新八とともに小籐次と協力し合う。

お鈴　おしんの従妹。丹波篠山の旅籠の娘。久慈屋で奉公している。

子次郎《こじろう》　江戸を騒がせる有名な盗人・鼠小僧。小籐次一家と交流がつづく。

雪見酒

新・酔いどれ小籐次（二十一）

第一章　奇妙な騒ぎ

一

赤目駿太郎《あかめしゅんたろう》は研《と》ぎ舟蛙丸《ぶねかわずまる》の操船にすっかり慣れた。

早朝、独り稽古をして朝餉《あさげ》を食した後、二匹の飼い犬クロスケとシロに見送られ、父親の小籐次《ことうじ》を乗せた舟で須崎村の望外川荘《ぼうがいせんそう》を出た。大川を下り、アサリ河岸で櫓《ろ》を小籐次に渡すと、鏡心明智流の桃井《もものい》道場に行くため舟を降りた。

父親は研ぎ舟蛙丸のたっぷりとした艫《とも》にちょこんと立って芝口橋の久慈屋《くじや》に向かう。

一方、駿太郎は道場の年少組と稽古をなす。とはいえ、体が一段と大きくなった駿太郎には年少組五人が束《たば》になっても太刀打ちできない。

「駿ちゃんさ、おれたちに草を持たせてもいいんじゃないか」

と岩代祥次郎《いわしろしょうじろう》が言った。

「くさを持たせるってどういうことですか、祥次郎さん」

と駿太郎が聞き、

「祥次郎、そなたが言いたいのは花を持たせるではないか」

と北町奉行所見習同心の木津勇太郎《きづゆうたろう》が直《ただ》した。

「そうともいいますか、勇太郎さん」

「草を持たせてどうする。相手方を立てることならば花を持たすというのだ」

「それだよ、時におれたちの顔を立ててもいいんじゃないかと思ったんだ」

岩代壮吾《そうご》が見習与力から与力に昇進したために急に御用が忙しくなり、その代わり北辰一刀流の千葉周作道場からアサリ河岸に戻ってきた木津勇太郎が駿太郎のいる年少組の傍らで独り稽古をすることが多くなっていた。年少組の相手が終わった駿太郎との打ち合い稽古を虎視《こし》眈々《たんたん》と狙っているのだ。

「おれさ、兄者《あにじゃ》が御用が忙しくなって、のびのびと稽古ができるのはいいが、駿ちゃんにさ、一度くらいがつんと面打ちをきめたいんだけどな。おれたち五人でかかってもダメだろ。だから草を持たせろと言っているんだ」

「祥次郎さん、草ではなく花です。だけど剣術の稽古には草でも花でも持たせることはありません。さあ、もう一度最初からやりますよ」

駿太郎が祥次郎の言葉をふたたび訂正して命じた。

「叩かれる身になってみな。兄者はくそ力、駿ちゃんのはおれの頭に竹刀が巻き付くような面打ち。だからさ、一度くらい叩かれてもいいだろ」

祥次郎が竹刀を構えたが仲間の四人はにやにや笑って加わる様子はなかった。

「なんだよ、朋輩じゃないか。おれたち、力を合わせて草だか、花だかを持たせてもらってもいいじゃないか」

というと同時に祥次郎は、

バシン

と竹刀で尻を叩かれた。

「だれだよ。ああー、兄者」

と振り返った祥次郎が立ち竦《すく》んだ。

「花を持たされて駿太郎から一本取ったところでなんになる。兄と一対一の稽古をなすか、祥次郎」

と壮吾に言われて祥次郎は泣きべそをかいた。それでも気持ちを切り替えたか、壮吾に向かっていった。

アサリ河岸の道場の稽古の終わりは久しぶりに駿太郎と壮吾が締めた。このところ壮吾は与力の仕事が忙しくて道場に立つ時が少ないため、打ち込みが乱れていた。そんな稽古を木津勇太郎が興味深く見ていた。

駿太郎は壮吾との稽古を切り上げ、急ぎ道場をあとにした。四つ半（午前十一時）時分には紙問屋久慈屋の店先に設けられた研ぎ場で、父の小籐次の傍らに座り、研ぎ仕事を始めるためだ。

いつもの日課だ。

この日駿太郎が、溜まっていた近所の裏長屋のおかみさん連からの預かりものの出刃包丁を研いでいると、竹棒の先に書状を括《くく》りつけた飛脚屋が親子の研ぎ場の前に立った。

「おお、今日は神妙に親子で研ぎ仕事か」

江戸府内の飛脚屋ではない。品川宿の飛脚屋だということを親子は承知しており、差出人が誰かすぐにわかった。

「父上、三河国吉田宿の薫子《かおるこ》さんからの文ですよ」

「子次郎《こじろう》は姫様のもとに落ち着く心算《つもり》か、それもよかろう」

と小籐次がいい、仕事の手をとめて、以前よりだいぶ上手になった子次郎代筆の薫子の文を読むことになった。

「赤目ことうじ様
おりょう様
しゅん太郎様」

とあって本文が始まった。

さほど長い文ではなかった。

「かおる子です。ごきげんいかがですか。わたしは元気です。なにより子次郎さんがいてくれて、たいくつすることなくすごしています。

されど父上はもはやしょりょう地でなすこともなく朝からお酒をのむ日々です。たいしゅ家でありながら、ふだんはきちんとしたくらしをおりょう様やしゅん太郎様となさっておられる赤目ことうじ様をみならってほしいものです。もはやだれの言葉もきこうとはしません。

わたしは見えない目ながら海をまえにした日々や四季のうつろいを光の変わり方でかんじながら、犬やねこ、にわとりにふれながら江戸におるときよりもおだやかなくらしをたのしんでいます。

赤目様、ごあんしんください。

しわすきち日　さえぐさかおる子」

とあった。

その文の後に、

「酔いどれさんよ、おれもなんとなくひめ様と同じやねの下で暮らすまいにちが気にいったな。

うわさに聞くと江戸ではいまだだれぞのまねをして、ねずみ小僧がはやっているとか。しばらく三河の国にいて魚をとるりょうしのまねごとをするのもわるくないかと思っているのよ。この文を見た老女のおひろさんがあきれて、おれに字のかき方をおしえるそうだ。次はりっぱな、なんとかでそうろうって文をおくる。

三河で年こししそうな子次郎」

とあった。

小籐次は子次郎が代筆した薫子の文と子次郎自身の文面を読み、

「ふっふっふ」

と笑った。

「父上、なにか面白いことが書いてありますか」

「読んでみよ。久慈屋どのや大番頭さん方も関心がおありのようだ、声を出して読むがよかろう」

というので駿太郎が父の小籐次から文を受け取り、大声で読み始めた。

その声に旦那の昌右衛門《まさえもん》、大番頭の観右衛門《かんえもん》、それに大勢の奉公人が仕事をしながら耳をかたむけた。

駿太郎が読み終えてもしばらくだれもなにも言わなかった。

「ふうっ」

と息を漏らした観右衛門が、

「子次郎さん、三河国の姫君の所領に落ち着きましたか。江戸にいてあれこれと言われるより、薫子姫の傍らで過ごす長閑《のどか》な暮らしがどれほど楽しく充実しているか、姫様をねずみが」

と言いかけたが、

「身分をこえて相手のことを思いやる子次郎さんの気持ちが伝わってきます」

と言い替えた。

駿太郎は子次郎が代筆した文と、別に入っていたおりょう宛ての文をそっと懐《ふところ》に入れた。

「大番頭どの、まったくじゃ。未だ江戸では鼠小僧《ねずみこぞう》と称する輩《やから》の所業が繰り返されておるわ。子次郎が三河にいるのはいいことではござらぬか」

と言ったとき、親子ふたりの前に人影が立った。

小籐次も駿太郎も顔を上げずともそれがだれか分かった。

「だれが三河国にいるって」

「さようなことをだれか申したか、空蔵《そらぞう》どの」

「なに言ってやがる。酔いどれ様よ、おまえさんの口からたったいま、出た言葉じゃないか」

「わしがさようなことを申したか。近ごろな、なにをいうておるか分からぬことがあってな、読売屋の空蔵どのもさようなことはないか。ものを忘れる、なにをいうておるか途中でわからなくなる。かようなことを老いというのかのう」

「読売屋が他人から聞いたことや自分が話したことをわすれるようでは、もはや仕事は務まらねえ。酔いどれ様は夕べのめしの菜がなにか覚えておるか」

「うーむ」

と腕組みした小籐次が思案の体《てい》で、

「わしは夕餉を食しておらぬようじゃ。それともおりょうは作り忘れたか、ということはおりょうも老いたか。夫婦でこれではどうにもならぬな」

と嘆いてみせた。

「おりょう様が老いただと、ばかを抜かせ。おりょう様は酔いどれ爺の娘ほど歳が若いわ。それに腹っぺらしの駿太郎さんが夕餉を食べぬわけはなかろう」

「そうじゃのう、駿太郎は夕餉を食したのを忘れるはずはないな。わしはいくつになったたな、駿太郎」

「父上、数が数えきれないほど歳をとっておられます」

「おおー、空蔵どのとどっちが上かのう」

駿太郎がふたりの顔を交互に見て、

「同じくらいかな」

と首を捻《ひね》った。

「この親子、血も繋がっておらぬというのによう似てやがる。酔いどれ爺とこのおれがいっしょだと、小ばかにしてないか、駿太郎さんよ」

と親子の前にしゃがんだ空蔵が言った。

「さようなことはございません。空蔵さんはなにかご用事ですか」

「おお、だからさ、子次郎って野郎から文が届いたんだろうが。そいつ、酔いどれ様が懐剣を研いだ姫様といっしょにいるのか」

「空蔵さん、よくご存じですね、最前の話を聞いておられましたか」

と駿太郎が詰問した。

「おうさ、読売屋は目と耳はいいのよ」

「ならば話のすべてを承知ですね」

「それがよ、駿太郎さんさ、子次郎って野郎が身分違いの大身旗本のお姫様と三河にいるってのがよ、どうしてもおれには解せねえんだよ、どういうことだ」

「そなたの読売のタネになるような話ではないわ」

と小籐次が強い口調で言い切った。

「うーむ、酔いどれ様よ、読売のネタになる心が温まるような話はないか」

「わしは研ぎ屋じゃぞ、読売屋の下働きではないわ」

と小籐次が抗《あらが》った。

「そんなことは百も承知よ」

「錺職《かざりしょく》芝口屋の桂三郎《けいざぶろう》さんにあたってみたらどうだ」

「おお、ここへ来る前に立ち寄ったがな、この師走《しわす》にな、そこそこに客があるらしく忙しそうに親子で仕事をしていたな」

「なによりではないか。桂三郎さんとお夕《ゆう》さんの繁盛話を認《したた》めぬか」

「酔いどれ様よ、それはもうすでに書いただろうが。それによ、世の中はな、幸せな話よりよ、富くじで百両あたったが、そいつを何倍にも増やそうと慣れぬ賭場に出入りして反対に借財をこさえてさ、首を縊《くく》ろうとしたが、縄が切れて腰をぬかしたなんて間抜けな話が好みなんだよ」

　と空蔵が言った。

「人の不幸話が読売屋のめしのタネか、ひどい仕事であるな」

「なにがひどい仕事だよ。おれと酔いどれの旦那は何年付き合っているんだよ。おめえさんのところにさ、なんぞ厄介《やっかい》ごとを持ち込む者はいないか」

「いないな」

　と返事をした小籐次が、

「そなたのムダ話に付き合わされるわれら親子、それこそ首を縊ることになる。そろそろ立ち退いてくれぬか」

「帰れってか。まあ、その面つきでは何事もなさそうだな」

　と立ち上がりかけた空蔵の目に、南町奉行所定町廻り同心の近藤精兵衛《こんどうせいべえ》が御用聞きの難波橋《なにわばし》の秀次親分ら小者や子分を従えた姿が見えた。

「しめた」

と空蔵が手を打った。

「なにがしめたじゃ、空蔵」

近藤同心が声をかけた。

「近藤の旦那と秀次親分がよ、酔いどれ小籐次に会いにきたってのは御用の筋だろうが」

「空蔵、そのほうが赤目様親子の仕事の邪魔をしているのを見て、追い立てようと考えたところだ。真面目に商いをなす赤目様と駿太郎さんを邪魔だてするのは、お縄にして大番屋に引っ張っていく名目にならぬか、秀次」

近藤同心が秀次を振り返った。

「まあ、名目にならねえことはありませんや。二、三日、大番屋の仮牢に押し込みますかえ」

「おおー、近藤の旦那も難波橋の親分も、昵懇《じっこん》の付き合いと思ったがね、おれを大番屋に押し込むだと、おもしろいや。読売屋が酔いどれ様と話しただけで罪咎《つみとが》になるのか、やってみねえ。おりゃ、仮牢から出たらこの話を書くぜ」

「うむ、読売屋ほら蔵、大番屋の仮牢見聞、悪くねえネタかもしれねえな」

と秀次親分が応じた。

「近藤どの、難波橋の親分、迷惑をかけられたのはこの赤目ゆえ、わしがお上に、つまりは目の前のおふたりに訴えればよいか」

「おう、迷惑をかけられた当人が役人であるわれらに訴えるとなると真《まこと》の罪に問うてお白洲に座らせることができますな」

近藤同心が小籐次に言った。

「おめえさん方、本気でこの空蔵を大番屋に突きだそうって魂胆《こんたん》か。冗談も休みやすみいえ」

と言った空蔵が素早い動きで逃げ出した。

「近藤様、難波橋の親分、いささか空蔵さんが可哀そうではありませんかな」

と観右衛門が口を挟んだ。

「大番頭さんよ、あのほら蔵、近藤の旦那の言葉に驚いているように見せかけるなんて朝めし前の仕事ですよ。わっしらの面を見て、赤目様になんぞ願いごとにきたわけじゃねえって察したんでさ」

と秀次親分が言った。

「ほうほう、空蔵さんは魂消《たまげ》た真似ですか、どっちもなかなかの芝居上手ですね」

「わっしのは芝居といったってお節介、小芝居ですよ」

秀次が小籐次を見た。

駿太郎は話の途中から仕事に戻っていた。

「いやいや、お節介、大いに結構」

と小籐次が言った。

「近藤様、赤目様になんぞ願いがあってきたのではございませんな」

と観右衛門が小籐次の代わりに念を押した。

「ないことはございませんがな、空蔵が察した通り御用ではございませんや」

と秀次親分が応じた。

「師走てんでなんとなく増上寺にお参りがてら足を向けたと思いなさいまし、赤目様」

「ほうほう、増上寺な。たれぞに会われたか」

「拝察のとおりでさ、赤目様の旧藩豊後《ぶんご》森藩下屋敷の高堂《たかどう》用人にわっしら、呼び止められましてな、『本日は芝口橋に寄るつもりであったがいささか次の約定が迫っており、よいところでそなたらに会うた。赤目小籐次に伝えてくれぬか、年明けにも上屋敷に訪ねてこよ』との伝言でございましてな、いつとかなんの御用とかは一切なしでございましたんで」

「なに、高堂用人、ご一統にさような遣《つか》いを願われましたか。相すまぬことでござる」

と小籐次がふたりに詫《わ》びた。

「それにしても赤目小籐次様は旧藩を抜けてそれなりの歳月が過ぎましたな、お呼び出しとはなんでございましょうな」

観右衛門が森藩下屋敷用人高堂伍平《ごへい》の願いごとを気にした。

「今年の正月にも呼び出されましたな。とは申せ、わしが藩を出て町屋に暮らし研ぎ屋稼業を始めて長い歳月が経っておりますでな、御用の向きは思い当たりませんな」

と小籐次が後ろを振り向きながら観右衛門に答えた。

「赤目様に御用がなくともあちら様にはございましょう。なにしろいまや公方《くぼう》様とも付き合いのある天下の赤目小籐次様ですからな」

「大仰な言葉ですな。たしかに公方様にお目にかかったことはござるが、付き合いなど滅相もないことでござる」

と小籐次が応じた。すると昌右衛門がこの問答に加わって近藤に質した。

「森藩になんぞ騒ぎがございますかな」

森藩の江戸藩邸は東海道沿いの一角、芝田町四丁目、元札之辻高札場《ふだのつじこうさつば》の前にあった。

近藤同心の縄張り内でもなく出入りを許されているわけでもなかったが、なにしろ同じ芝界隈《かいわい》だ。大名屋敷に騒ぎがあれば、耳に入るはずだと昌右衛門は思ったのだろう。

「いや、それがしの耳にはさような話は入っておりませぬな」

「殿様はたしかこの二年ご在府でしたな」

と昌右衛門が小籐次に質した。

「いかにも江戸藩邸におられましょう」

と小籐次が答えた。

だが、話はそれ以上進みようがない。

「年始回りに行く体で江戸藩邸を訪ねますかな」

と小籐次が自分に言い聞かせるように言った。

そこへお鈴《すず》が、

「昼餉の刻限ですよ」

と告げにきた。

「近藤様方も久慈屋で昼餉を食していかれますか」

と昌右衛門が誘い、

「いや、われらの用件は終わったでな、これにて失礼しよう」

と近藤同心と難波橋の秀次親分一行が久慈屋の店前を辞していった。

二

「たしかに世はこともなしですな」

と具だくさんのうどんをすする合間に観右衛門がなんとなくつまらんといった表情で言い放った。

「騒ぎがないのは結構ではありませぬか」

と小籐次が応じると、駿太郎がふと思い出したように、

「大番頭さん、父上、新兵衛《しんべえ》さんの元気がありません。近ごろは食欲もないそうで、お麻《あさ》さんが悩んでおいでです」

「おお、新兵衛さんはまた一段と痩せたな。この冬が堪《こた》えたかのう」

「もう長屋の庭に研ぎ場を設《しつら》えることも滅多にないそうです」

「わしがお節介をして婿の桂三郎さんと孫のお夕さんの仕事場を金春屋《こんぱる》敷近くに設けたのがよくなかったかのう。やはり孫のお夕さんが日中長屋にいないゆえ寂しいのであろうか」

と小籐次が言い出した。

「赤目様、それは一理ございますな。ですが、桂三郎さんやお夕さんのことを考えられた結果です。それに夕方はお夕さんが早めに長屋に戻って新兵衛さんを散策につれだしているそうではありませんか。新兵衛さんの衰えはやはり老いのせいで、赤目様の親切が仇になったということではありませんぞ」

と観右衛門が応じた。

「たしかに理屈はそうじゃがな、なんとのう、罪なことをしたかと思うてな」

「いえ、それは違います」

と観右衛門が言い切った。

問答の間に駿太郎がうどんを二杯に、ちりめんじゃこを炊き込んでつくった握りめしを三つ食し終えた。

それを見た小籐次が、

「美味《おい》しそうな握りめしだが、わしにはさすがに手がでんな。駿太郎、新兵衛さんの前で、ばか食いするでないぞ。新兵衛さんの食欲がいよいよ落ちよう。これ以上お麻さんに要らぬ苦労を掛けたくないでな」

「父上、わたしの食欲と新兵衛さんのそれとはなんら関わりありません。新兵衛さんが元気ならば剣術の稽古に誘うんだがな。元気だとしてもアサリ河岸の桃井先生よりだいぶ歳上だから無理かな」

と言った駿太郎が、

「おまつさん、ご馳走様でした。うどんもちりめんじゃこの握りめしも美味《うま》かったです」

と礼を述べて店先の研ぎ場にさっさと戻っていった。三人のあとは女衆《おんなし》の昼餉ということを考えてのことだ。

「年寄りふたり、駿太郎の食いっぷりに圧倒されて一杯のうどんを食するのが精いっぱいであったか」

と小籐次がもらし、

「さようさよう」

と観右衛門が賛意をしめした。

するとと久慈屋の台所を任されている通いの女衆頭のおまつが、

「赤目様も大番頭さんもうどんをすする合間に握りめしを食べておりましたがよ、覚えてないだか」

と言い返した。

「なに、気が付かなかったが握りめしを食していたか」

「おかしいな」

とふたりの年寄りが言い合い、

「酔いどれ様も大番頭さんもいまだ食欲は衰えていねえだね」

とおまつが言い添え、女衆がうんうんと顎《あご》を大仰に上げ下げしてみせた。

「赤目様、私たちも店に戻り、女衆に昼餉の場を明け渡しますか」

と観右衛門に言われた小籐次はうどんの汁を最後まですすって店に戻っていった。すると研ぎ場の駿太郎の前に、貧弱な体格で貧相な顔の浪人者が立って、

「過日、研ぎ屋爺にそれがしの刀の研ぎを頼んだが、未《ま》だ出来ておらんとはどういうことか。手付の金子《きんす》も渡しておろうが」

とどこの国とも判然としない在所訛《なま》りで文句をつけていた。

「お武家さま、年寄りの研ぎ屋は私の父です。父がこの研ぎ場で初めての客人から刀を預かって研ぎをするなど私には覚えがありません。どこぞの研ぎ屋とお間違いではございませんか」

と駿太郎が丁寧な口調で答えるのに、

「いいや、橋の袂《たもと》の研ぎ屋はここだけであろう。間違いようはない」

と返すのを聞きながら小籐次が研ぎ場に座して、

「研ぎ屋爺とはわしのことかな」

と皺《しわ》だらけの大顔を指で差した。

このとき、愛刀の備中次直《びっちゅうつぐなお》は小籐次の腰になく帳場格子に預けてあった。だから、侍《さむらい》には見えず研ぎ屋爺そのものであった。

一方駿太郎は孫六兼元《まごろくかねもと》と木刀を研ぎ場の傍らにおいていた。

「ううむ、さような小汚い顔ではなかったな」

「そなた、眼は悪くないようだな。たしかにわしは美顔ではない。とは申せ、見ず知らずの他人からさような侮蔑《ぶべつ》の言葉をかけられる覚えはない。倅《せがれ》への言葉を聞いたが、たしかにわれらに刀の研ぎを頼んだのか。わしは刀の研ぎは滅多にせぬ、また手付けなど受け取ったこともないぞ。こちらは紙問屋の久慈屋さんである、八代目の主から大番頭さん、大勢の奉公人がつねにおられる。そなたがわしに刀の研ぎを頼んだというのなら、久慈屋の奉公人方も覚えておられるはずだ。だれでもよい、聞かれよ」

「うむ、それがしの言葉を信用せぬか」

と浪人者があたりを見廻した。

「お侍さん、こちらの研ぎ屋親子はこの店の看板でしてな、刀の研ぎを頼まれたのならば、私どものだれかが必ず覚えております。どこぞの研ぎ場と間違われたのではございませんかな。とはいえ、この界隈《かいわい》に研ぎ屋はうちの看板親子しかおりませんがな」

この浪人者、なんの魂胆があってかような難癖をつけておるのか、それも天下の酔いどれ小籐次と駿太郎親子にだ、と観右衛門は首を捻っていた。

「いや、この店先に間違いない」

と相手は言い切った。そして、駿太郎の孫六兼元に眼を留《と》め、

「おお、そこにそれがしの刀があるではないか」

と手を伸ばそうとした。

駿太郎が一瞬早く愛剣を摑《つか》み、盗《と》られぬように背に回した。

「おのれ、それがしの刀を騙《だま》しとるか」

と浪人者は大声で喚《わめ》き、脇差の柄《つか》に手をかけた。そこへ仲間と思えるふたりの剣術家が加わった。大男が、

「相良氏《さがらうじ》、この研ぎ場で間違いないな」

「間違いござらぬ。ほれ、刀もござった、井東《いとう》氏」

「よし」

と頷くと、

「大人しく相良氏の刀を返せ」

と喚いた。

「なんだか妙な話ですな。おまえさん方、こちらの親子の名をご存じありませんな」

観右衛門が質した。

「研ぎ屋の名を聞いてどうする」

三人目の長身の男の口の端には爪楊枝《つまようじ》が咥《くわ》えられていた。

「おまえさん方、野州辺りから出てこられましたか。こちらの親子は江戸で名高いおふたりですよ、田舎侍は困ったもんですな」

と呆れ顔の観右衛門が挑発するような言葉を吐いた。

「おのれ、番頭、われらを田舎侍と貶《けな》しおったな」

と長身が傍らに爪楊枝を吐き捨てた。

「おもしろい話になりやがったな。これで小ネタができそうだ」

と最前立ち去ったはずの読売屋の空蔵がふたたび姿を見せて問答に加わろうとした。

「なんだ、おまえは」

巨漢の井東某が空蔵を睨《にら》んだ。

この騒ぎに赤目親子は仕事も口出しもできず、ただ成り行きを見ているしかなかった。

「読売屋の空蔵、またの名をほら蔵と申しましてな。この手の話は珍しゅうございますな。事情を説明してくれませんか、役に立つかもしれませんぞ」

と手を揉《も》み合わせながら乞うた。

「読売屋のほら蔵だと。相良氏の刀の研ぎを頼まれたにも拘《かか》わらず、この研ぎ屋ども、手入れをしたのかどうか定かでなく、刀を返す心算もないのだ。詐欺をなす手合いか」

「おめえさん、名はなんだえ」

　空蔵の口調が急に乱暴になった。相手が因縁をつけるような言動をするのは魂胆があってのことと思ったのだ。

「井東丞次郎義経《じょうじろうよしつね》である」

「ふーん、ご大層な名だね。で、おめえさんはさ、相良なんとかの刀とどういう関わりがあるんだね」

「おお、それだ。われら、場末の安宿で知り合ったと思え。暇のついでにサイコロ博奕《ばくち》をなしてな、相良氏は五両一分二朱、負けた。ところが宿代を払う銭もない。その代わり、研ぎに出しておる大坂の刀鍛冶《かたなかじ》井上真改《しんかい》の一剣で払うというのだ。ゆえにわれらこうしてここまで案内《あない》されてきた」

「ほうほう、井上真改って『大坂正宗《おおさかまさむね》』と称される名刀だな」

「おお、そのほう、刀に詳しいか。真改なれば研ぎに出さずとも十両やそこらで売れよう。読売屋、この界隈で刀を買い取る商人を知らぬか」

「おうおう、読売屋はなんでも屋だ、刀の売り買いの店はいくらでも承知だがよ、こりゃ、おめえさん、騙されたな」

「騙された、どういうことだ」

「相良なにがし様の形《なり》を見てみな。脇差も塗りの剝《は》げたがたぴし丸だ。真改だかなんだか知らないが安宿に泊まる以前に大刀も叩き売ってやがるな。つまりおめえさんに集《たか》ろうとしての博奕話だな」

「読売屋、この研ぎ屋の倅が背に隠した刀が井上真改だとしたらどうするな、その方《ほう》の返答次第では腕の一本も叩き折るぞ」

「おもしろいね」

と空蔵が袖を捲《まく》って二の腕を晒《さら》し、

「駿太郎さんの背の刀だがね、井上真改じゃねえ、孫六兼元だ」

「な、なに、相良氏は真改でなく孫六兼元を携《たずさ》えておったか」

井東丞次郎が相良を見た。

「まあ、そ、それがしの思い違いであったかもしれん」

「井上真改だろうと孫六兼元だろうと構わん。われらは刀を叩き売って五両一分二朱頂戴するだけだ」

「てえげえにしねえな、井東さんよ、孫六兼元は駿太郎さんの持物なんだよ。曰《いわ》くはさ、芝界隈の人ならだれもが承知だ。出は芝神明社の大宮司から頂戴したまごうことなき孫六兼元だぜ」

「研ぎ屋風情、それも若造が孫六兼元を所持していることがおかしいではないか」

「おかしかないや。おめえさん方よ、三人がん首揃えて、この親子の名を聞いてちびり小便するんじゃねえぞ」

「読売屋、おまえまでもが罵詈《ばり》雑言《ぞうごん》か、もはや許せぬ」

「おれを斬《き》ろうというのか、その前に研ぎ屋親子の名を聞かねえのか」

「研ぎ屋の名がそれほど大事か」

「ああ、それよ」

巨漢の井東が最前まで口の端に爪楊枝を咥えていた長身の仲間を振り返り、

「橘満作《たちばなまんさく》、そなた、研ぎ屋爺と倅の名を承知か」

と質した。長身は、

「まさかとは思うが、赤目小籐次親子ということはないであろうな」

と小声で応じた。

「酔いどれ小籐次がこの爺だというか、それはあるまい。なんでも公方様の知り合いというではないか。それが紙屋の店先で研ぎ仕事はするまい」

と答えた井東が空蔵に視線を戻した。

空蔵は二の腕を晒した手で顎を撫《な》でていたが、

「井東丞次郎さんに橘満作さんかえ、こちらが正真正銘の赤目小籐次様よ。『御《お》鑓拝借《やりはいしゃく》』に始まり、数多《あまた》の功《いさお》しの主だ。倅の駿太郎さんも公方様の前で剣技を披露した若武者だ。その孫六兼元を持っていこうという話かえ。首が飛ぶのはおまえさん方のほうだぜ」

と言った。それを聞いた相良某《ぼう》はこそこそとその場から逃げ出そうとした。

騒ぎを聞きつけたか、南町定町廻り同心の近藤精兵衛と難波橋の秀次親分ら一行がその背後に立ち塞《ふさ》がり、

「おめえさん、ひとりだけ逃げようというつもりかえ。ようも芝口橋でよ、田舎芝居を演じてくれたたな」

と秀次親分が十手を突き出した。

「嗚呼《ああ》ー」

という相良の悲鳴に、

「われらふたり、どうやら相良なにがしに騙されてここまで連れてこられたようだ。われらはなんの悪さもしておらぬ」

と井東が慌てて言い訳した。

「五両一分二朱は博奕の負けと違うのかえ」

と空蔵が井東と橘にいい、

「この場で話すのは赤目様親子の研ぎ仕事の邪魔だ。近くの番屋に参りましょうかね。それともいきなり南町奉行所につき出しますかえ」

との秀次の言葉に、三人は愕然とした。

「相良、そのほう、許さぬぞ」

と井東が叫び、相良がしゅんとして、騒ぎは終わった。

三人組を難波橋の秀次親分が出雲《いずも》町の番小屋に連れていき、空蔵も一行に加わり、急に静かになった。

「世も末じゃのう」

と小籐次が呟《つぶや》き、

「形は一応剣術家に見えますな。それでいて、安宿で賭ける銭もなくサイコロ博奕だ、そのうえ、他人の刀を博奕のカタにするですって。相良なんとかは赤目様親子の正体を知ってのことですかな」

と観右衛門が言った。

「大番頭さん、私、相良なんとかの姿を芝口橋で見かけたような気がします」

と言い出したのは見習番頭の国三《くにぞう》だ。

「いつのことです」

「二、三日前のことでしょうか。小雨が降るなか、水面を眺めながらちらりと研ぎ場を見ていたような気がします。それがいつしか姿を消したと思ったら、この騒ぎです」

「ふーん、となると、赤目小籐次様の武名を知った上でかようなことを考えましたか。時世が時世、鼠小僧騒ぎがしょぼしょぼと繰り返される折に赤目様親子相手に刀を騙しとろうって輩が出てきましたか」

と観右衛門が騒ぎの背景を推量したが、その場にいる一同はどことなく釈然としなかった。

「父上、あの三人の剣術の技量はどんなものでしょうか」

駿太郎が父親に尋ねた。

「駿太郎さん、赤目様に聞くまでもなく、あの輩の腕前は駿太郎さんの朋輩、年少組の皆さん程度ではありませんか」

と観右衛門が口を挟んだ。

「駿太郎はどう思うのだ」

と小籐次が言った。

「それが妙ですが、相良さんはなかなかの遣い手のような気がしたのです」

「ほう、相良がのう」

親子の問答に珍しく昌右衛門が加わった。

「私もなんとのう、相良なにがしは真の腕前や度量を隠しておるような気がしました。どこがどうというのは分かりませんが、秘めた力を持っていると思えるのですが」

「旦那様、それはありますまい」

と観右衛門が言い、小籐次を見た。

「そのうち、空蔵さんが事の顚末《てんまつ》と同時に相良の正体を告げにくるか、明日の読売に書くのではありませんかな」

小籐次は駿太郎と昌右衛門の意見に応《こた》えなかった。

「仕事をする気が失せたが、あやつのせいで怠《なま》けるのも腹が立つ」

と小籐次が研ぎかけの刃物を手にし、駿太郎も長屋のかみさん連が研ぎに出した出刃包丁の手入れを始めた。

なんとも居心地の悪い時が過ぎていったが、空蔵も秀次親分も久慈屋に姿を見せなかった。

「父上、本日は早仕舞《はやじまい》して新兵衛さんの様子を見ていきませんか」

「おお、それがよい。気分を変えてから望外川荘に帰ろうか」

と小籐次が駿太郎の意見を入れ、研ぎ終えた刃物を頼んだ先の長屋に届け、研ぎ場を片付けた。

「妙な師走ですな」

研ぎ舟蛙丸まで小籐次と駿太郎を見送りにきた観右衛門が言った。

その言葉に赤目父子は芝口橋を見上げたが、橋の欄干から水面を見ている相良某はもちろんいなかった。

「大番頭どの、また明日参る」

「お互いすっきりとした気分でお会いしたいもので」

と言い合って駿太郎が蛙丸を久慈屋の船着場から押し出し、流れに乗せた。

文政九年（一八二六）の大晦日まで数日を残すだけの年の暮れだ。

三

新兵衛は、父親の工房からひと足早く戻ってきた孫娘のお夕に話しかけられていた。憮然《ぶぜん》とした表情でなんぞ思案しているように見えた。

風もなく隠やかな陽射しの夕暮れ前、長屋の庭の一角に研ぎ場が設けられていた。

「お夕姉ちゃん、どんな風」

駿太郎が新兵衛の加減を尋ねた。

「最前から話しかけているんだけど、なにも答えないの」

お夕が戸惑いの顔で駿太郎に言った。

井戸端では勝五郎《かつごろう》らが臼《うす》と杵《きね》を出して洗い、餅つきの仕度をしていた。

ふたりの問答を聞いていた勝五郎が、

「昼間からお麻さんに研ぎ場を設けさせたがな、研ぎの真似事をするわけでもなし、まるで野地蔵みてえに微動もしないでよ、ああして思案しているんだ。まさかあちらにお渡りになったってわけじゃないよな」

とちらりちらりと新兵衛を見ながら言った。

いつもなら勝五郎の嫌味に文句をつけるはずの新兵衛は最前と変わらず無表情だった。

小籐次が前に立ってもなんの反応もない。体がひと廻り痩せたようで木彫の仏像のようにも見える。

「じいちゃん、赤目様と駿太郎さんよ」

お夕が告げたが、無表情で無言を貫いていた。

「赤いちゃんちゃんこは何年も前に着たよな、こんどは左前に白衣を着せるか」

勝五郎が死装束を着せるかとさらに嫌味を重ねた。

「お夕姉ちゃん、新兵衛さんを家に送っていこう。少し寒くなってきたよ」

と駿太郎がお夕にいい、

「新兵衛さん、立ち上がれますか」

と尋ねた。だが、うんともすんとも返答はない。

「よし、お夕姉ちゃん、新兵衛さんを負ぶって家に連れて戻ろう」

と駿太郎が腰の孫六兼元を外して、

「父上、持っていてください」

と差し出した。

無腰になった駿太郎が新兵衛の前に背を向けてしゃがんだ。すると新兵衛が両手を上げたが、胡坐《あぐら》を掻いたままでは背の高い駿太郎の肩に届かない。それでも言葉は聞こえているらしい。

「じいちゃん、腰を上げて」

お夕が新兵衛の後ろ帯を両手で摑んで胡坐から中腰に立たせ、駿太郎の背になんとか負ぶわせた。

「よし、本日の研ぎ仕事は終わりです」

と新兵衛を負った駿太郎がいい、立ち上がった。

新兵衛の体が、一段と大きくなった駿太郎の背に木に留まった蟬《せみ》のようにへばりついた。駿太郎には背負っているかどうかさえ、分からぬくらいその体は軽かった。

「また明日」

駿太郎が井戸端で餅つきの道具の水洗いを終えた長屋の女衆の前を通り、お夕が従ったが新兵衛はひと言も発しなかった。

長屋のどぶ板を踏んで駿太郎が新兵衛を運んでいくのを見た小籐次が裏庭に残された新兵衛の研ぎ場を片付けて、

「わしの部屋に入れておくか」

と勝五郎に言った。

「おお、それでいいや」

と応じた勝五郎に、

「近ごろはあんな風か」

「ああ、おれがあれこれと話しかけても返事もしないや。いよいよかね」

「勝五郎さんや、人間というものは意外に強いでな。新兵衛さんは胸中でなんぞ思案しているが言葉にしないだけかもしれんぞ」

「そんなことがあるか、新兵衛さんは行を何十年もした坊主じゃねえぞ。悟るなんてありえねえよ」

「そうかのう。われらより深い思索をするために無言の行をしているように思えるがな」

「そんな馬鹿な。娘のお麻さんが小便ひとつさせるのにも難儀している、ただの呆け老人だぞ。歳を食い過ぎてよ、赤ん坊がえりしているんじゃないか」

「それだ、産まれたときの赤ん坊に戻っているとしたら、何百日も修行した僧侶と似ておらぬか。無念無想、無私無欲、そんな境地におられるのかもしれん」

「買いかぶりだ、酔いどれ様よ」

と勝五郎が言い切った。

「本日はなにやら妙な一日だったわ」

「なにかあったか、久慈屋でよ」

「あったといえばあったな」

と小籐次が三人組の剣術家の行いを話した。

「なに、酔いどれ様も駿太郎さんもそやつらと立ち合わずか」

「立ち合いをなす話ではなかろう。おお、そうだ、番屋に連れていかれる一行に読売屋の空蔵さんも従っていたで、番屋の調べ次第では仕事がくるかもしれんな」

と小籐次が告げると、

「おれの勘じゃ、読売にも小ネタにもならねえ、ばか話だ。どうしてよ、酔いどれ様が一差し剣技を披露しなかったんだよ、そしたら、小ネタになったんだがな」

と勝五郎がぼやいた。

「勝五郎さんや、いつも言うておるがわれら親子、読売屋のために生きているのではないでな」

「大晦日を前によ、派手な斬り合いなんぞがあれば、いい新年が迎えられるんだ

と勝五郎が答えるところに、血相を変えた空蔵が飛び込んできて、

「て、てえへんだぜ、酔いどれ様よ」

と喚いた。

「なにがあったな」

小籐次は空蔵を落ち着かせようとわざとゆったりした口調で問い返した。

「やりやがったんだよ」

「だれがなにをやりやがったのだ、落ち着いて話してくれぬか」

小籐次はさらに空蔵の興奮を鎮めようとしたが、

「お、驚くぞ、魂消るぞ」

と逆に狼狽の度合が一段と上がっていった。

「ほら蔵さんよ、話も聞かずに驚くも魂消るもねえぜ」

勝五郎も言葉を添えた。

「最前よ、出雲町の番屋にあの三人組を連れていったな。番屋に三人組を入れてさ、近藤の旦那が相良なんとかから事情を聞こうとしたとき、番屋の前で掏摸《すり》騒ぎが起こってよ、近藤同心も難波橋の親分も子分もそっちに手を取られたと思い

ねえ。往来の通行人が掏摸の足を払ったところを秀次親分や子分たちが折り重なって捕まえた」

「手柄であったな」

と小籐次が応じ、

「掏摸騒ぎの話はな」

と空蔵が妙な返答をし、

「掏られた金子はいくらだよ。なに、二朱と数十文だって、いくらおまえさんがほら蔵でも読売のネタにはなるめえ」

と勝五郎が言った。

「勝五郎め、違うんだよ」

「違うってなにがよ。おお、そうか、最前、赤目様から聞かされた刀にからむ間抜け話のほうか」

「おお、てえへんなのはそっちのほうだ。近藤同心らがようやく掏摸を引っ立てて番屋の腰高障子を開けたと思いねえ。刀騒ぎの三人組のふたり、大男の井東丞次郎義経と爪楊枝を咥えていた橘満作が刺し殺されていてな、番屋の番人もなにで殴られたか頭を痛打されて失神、番屋の土間は血の海よ」

と空蔵が動揺した口調のままになんとか新たな騒ぎを告げた。

「剣術家ふたりはだれにやられたんだよ」

「駿太郎さんの孫六兼元を自分が研ぎに出したと言い募《つの》った相良某の姿がなくてよ、井東丞次郎の大刀もないんだよ。相良が仲間ふたりを刺し殺して刀を奪って逃げたんじゃねえかと、難波橋の親分は推量している。番屋でよ、ふたりの剣術家が刺し殺されるなんてありか」

と空蔵が一気に吐き出して虚脱した。そして、

「勝五郎さんよ、おれは今から読売のネタを書くからよ、版木に彫りこんでくんな」

と命じた。その空蔵に、

「ちょっと待ちなされ。ふたりとも、しばし落ち着かれよ」

と小籐次が言って、

「出雲町の番屋近くの掏摸騒ぎと番屋の剣術家殺しは関わりがあると思うか」

と質した。

「うーむ、おれもそれを考えないじゃねえ。だがよ、掏摸はおれも承知の、秩父の出のぎっちょの園吉《そのきち》だ。とても関わりがあるとは思えねえ。もしだぜ、相良某

がよ、ふたりをあのがたぴし丸の脇差で刺し殺したとするならば、野郎、なかなかの腕前だぜ」

と説明を終えたところに駿太郎が差配の家から戻ってきた。

「酔いどれ様よ、こいつはよ、そこその読売ネタになる。仕事をするからよ、悪いが長屋を貸してくれないか」

と願った。

「われら、関わりになりたくないでな、早々に望外川荘に戻る。空蔵さんや、勝手に使われよ」

「父上、なにがあったのですか」

「駿太郎、話は蛙丸で告げる」

小籐次は駿太郎といっしょにさっさと堀留のほうへ向かうと研ぎ舟に飛び乗った。

見送りにきたのは勝五郎だけだ。

「妙な話が大騒ぎに化けたな」

「ああ、嫌な感じがするな、空蔵さんの筆次第だが、勝五郎さんが喜ぶ話になるかのう」

と言った小籐次が石垣を手で押して駿太郎が竹竿を使い、堀留から築地川に出た。


「父上、なにがあったのです」

「駿太郎、そなたと昌右衛門さんの勘があたったのだ」

と前置きした小籐次が空蔵から聞いたばかりの話を告げた。

話の間に櫓に替えた駿太郎は黙って聞いていたが、

「なんということですか。相良氏なんて呼ばれていたお方、やはり只者ではありませんでしたか」

「駿太郎、そなた、なぜ相良の剣術の技量を察したな」

「剣技うんぬんよりなんとなく得体のしれない人物と思ったのです。父上が芝神明の大宮司様から頂戴した孫六兼元を、ぬけぬけと自分が研ぎに出した刀だなどと、ふつうならあれだけの人前で言い張れませんよ」

「まあな、昌右衛門さんはなぜ相良某を怪しげな人物と思われたか」

と小籐次が呟いた。

「父上は相良さんのことについてなにもおっしゃいませんでしたね」

「わしは、あやつのことを考えたくなかっただけだ。相良の剣術は真っ当な修行の賜物《たまもの》ではのうて、殺人剣というべき代物かのう。井東氏も橘氏もいささか油断したな」

　と言った小籐次が、

「新兵衛さんはどうしたな。家に戻っても黙り込んだままか」

「はい。お麻さんのこともお夕姉ちゃんのこともまるで見知らぬ人を見るような目で見ておりました。今ごろふたりして新兵衛さんにごはんを食べさせていると思います」

「そうか」

　と応じて、

「本日、ただ一つ嬉しい出来事は三河の子次郎代筆の薫子姫の文だけか」

「はい、いかにもさようです。でも、父上、一つでも喜ばしい知らせを母上に告げられるのはよいことではありませんか」

「うむ」

　と駿太郎に応え、

「全くじゃ、かようなご時世に一つだけでもうれしい知らせをおりょうに持ち帰ることを喜ぶべきであったな」

と反省した。

研ぎ舟蛙丸が江戸の内海に出て、小籐次が駿太郎の傍らに立ち、二人櫓で大川河口を目指した。

「おい、酔いどれ様よ、倅の駿太郎さんと親子漕ぎか。研ぎ舟蛙丸、なかなかの船足じゃないか」

鉄砲洲と佃島を結ぶ乗合船の船頭がふたりに向かって叫んだ。

「おお、年寄りの節介よ。老いては子に従えというてもな、時に父親の威厳を見せたくて櫓に縋《すが》ってはみたものの、なにやら倅の邪魔をしているようじゃな。そう見えぬか」

「見える見える。とはいえ駿太郎さんに櫓の漕ぎ方も剣術も教えたのは父親の赤目小籐次様であろう。酔いどれ様の倍もある倅だ、自慢じゃのう」

「船頭どの、誉め言葉、素直に受け取るぞ」

「おお、わっしら、船頭に掛け値はないからな」

と言った佃島行きの乗合船とすれ違い、子牛が二頭乗った船の乗合客が手を振ってきて、駿太郎も振り返した。

大川河口を乗り切った研ぎ舟蛙丸は、二人櫓ということもあるが廃舟にした研ぎ舟の二倍近い船足で大川を遡行していく。川の流れを承知している父子の技もあるが、蛙丸は船足が出るように造られていたのだ。

両国橋を潜るまでお互い無言で櫓を漕ぐことに集中していたが、

「父上、出雲町番屋の血なまぐさい騒ぎ、母上に告げないほうがよいのではございませんか。母上は父上と私の見聞したことならばなんでも喜んでお聞きになりますが、でも」

「この話はなしにしたほうがよかろう」

と小籐次も賛意を示した。

「土産話は薫子姫からの文で十分じゃでな」

「はい」

と返事をした駿太郎の、

「もはやここからは駿太郎ひとりで漕いでいきます。父上は胴ノ間で休んでください」

という言葉に、

「老いては子に従えじゃ」

と返事をした小籐次がどっかと胴ノ間に座り込んだ。

「以前の舟より乗り心地がよいな。春になったらおりょうとお梅《うめ》を乗せて蛙丸から花見をしようぞ。桜を愛でながら酒を飲む、これ以上の贅沢はあるまい」

「ありませんね」

と返事をした駿太郎だが、

「舟に合う食い物ってなんでしょう」

「駿太郎は酒を飲まんで食い物か。そうじゃな、あげたてのてんぷらなんぞはどうだ、贅沢ついでに芝エビ、こはだ、貝柱、茄子なんぞもあげると美味いと聞いた」

「てんぷらのこと、屋台なんぞであげものといいませんか」

「おお、そう呼ぶところもあるな。てんぷらの名の由来を承知か」

「知りません」

「江戸では胡麻油なんぞであげるゆえごまあげと称したが、上方から来たある者が魚のあげものを売り出そうとして、ごまあげではいまひとつ漠として売れぬというので、知恵者に名づけを頼んだそうだ。するとな、この上方者がふらりと江戸に来たやどなしの天竺《てんじく》浪人ゆえ、てんぷらと名づけたというのだが、いささかあやしげな話じゃな。だが、ごまあげとよぶよりてんぷらのほうがなんとなく異国から到来した食い物のようで美味そうに聞こえぬか」

「初めて聞きました。父上は物知りだ」

「わしの話に出てくる天竺浪人といっしょで信用ならぬな」

　と小籐次が言い訳した。

「父上、てんぷらはあげたてが美味いですよね、この研ぎ舟蛙丸で油が使えますか」

「おお、それだ。最前からな、考えておったが、七輪をな、胴ノ間に工夫をして据えれば、蛙丸であげたてのてんぷらを食することができようぞ」

「父上、私はてんぷらでどんぶりめしを食します」

「酒なくてなんの己が桜かな、という句があるとどなたかに聞いたことがある。駿太郎はてんぷらにどんぶりめしか、人それぞれ好き好きじゃ、その歳で酒の味を覚えることもあるまい」

　と小籐次が言ったとき、浅草寺を遠望する須崎村への堀口が見えてきた。すると研ぎ舟蛙丸の櫓の音を聞きつけた、クロスケとシロの吠え声が響いてきた。

　湧水池に蛙丸を入れるとお梅の従兄《いとこ》の船頭の兵吉《へいきち》の猪牙舟《ちょき》が見えた。

「おや、客かのう」

小籐次が胴ノ間から立ち上がると二匹の飼い犬と兵吉が船着場に姿を見せた。

「兵吉さん、お客さんですか」

「客じゃないよ、おれがさ、常連の船問屋の旦那をよ、鐘ヶ淵の別邸まで送っていったのさ。帰りにな、赤目様一家の顔を見たくて立ち寄っただけだ」

と言った兵吉が船着場に近づいてくる蛙丸を見て、

「駿太郎さん、すっかり蛙丸の櫓の扱いに慣れたな。大したものだ」

と褒めてくれた。

「ありがとう。蛙丸は船足が速いですよ、それに櫓の漕ぎ心地もいいですしね、いい舟を兵吉さんに口利きしてもらいました」

「礼なんぞこれまでも幾たびも聞いたぞ」

「それくらいいい舟なんですよ。こんど春先になったら、胴ノ間に手を加えて七輪を据えて、花見をしながらてんぷらをあげることにしたんです。兵吉さん、てんぷら舟は承知ですか」

「なに、花見でてんぷらね。そいつは聞いたことがないな。よし、おれも七輪を据える細工を考えておくぞ」

と兵吉が応じたとき、クロスケとシロが胴ノ間に飛び込んできて、ひと騒ぎした。

「花見にクロスケとシロを連れていくのはよしにしよう。七輪に飛び込まれて蛙丸を燃やしたくないからね」

　というところにおりょうとお梅が姿を見せた。

「おまえ様、こんどはなにを考えられました」

「おりょう様よ、桜の季節に蛙丸に七輪積んでてんぷらをするんだとよ。船頭のおれも初めて聞くぜ」

「おお、あげたてのてんぷらを蛙丸で食せますか、よい考えです」

　とおりょうがにっこりと笑った。

四

　望外川荘では兵吉が加わり、賑《にぎ》やかな夕餉になった。兵吉が親方から預かってきた猪《しし》肉を使った鍋料理が主菜で、太った鰯の焼き物に大根おろしがそれぞれについていた。

「お梅、おめえが夕餉の菜をこしらえたか」

と兵吉が従妹に尋ねた。

「従兄《あに》さん、わたしが夕餉を作れないと思っているの。前にも望外川荘でご馳走したでしょ」

「おお、あれもお梅が作ったのか」

と問い返されたお梅は、小鍋にひとり分を取り分けて鰯の焼き物といっしょに盆に載せ別棟の納屋に住む先代以来の下男の百助《ももすけ》に届けようとしていたが、

「ううん、わたしひとりでできると思ってるの。おりょう様からあれこれと教わって、野菜を切ったり、鰯を竹串に刺して塩をふって囲炉裏《いろり》端で焼いたりしただけよ」

と正直に答えた。

「まあ、そんなところだと思ったぜ」

と言いながら燗《かん》をした酒を兵吉が小籐次の盃に注いだ。

納屋に行きかけたお梅が振り返って兵吉に言い返した。

「わたしだって嫁に行く段になったら、三度三度の食事の仕度くらいできるようになるわ」

「ほう、そんな相手がいるのか」

「数えきれないくらいの相手から声をかけられているのよ、って言いたいところだけどいまのところだれも声をかけてこないわね。従兄さんみたいな、おっかない従兄がいるからじゃないかしら」

と言い残したお梅が百助の納屋へと盆を届けにいった。そのお梅にクロスケが従っていった。別棟の納屋住まいの百助は母屋でみんなといっしょに食べるのは窮屈だと、望外川荘の先代主人の頃から、独りで食する習わしだった。

「兵吉さんは相手がいるのですか」

駿太郎が聞いた。

湯に入った一家も客もさっぱりとした顔付きをしていた。

「おれな、駿太郎さんさ、嫁をもらうにはちょっと若くねえか。おれなんぞは毎日年寄りを乗せているだろ、横川住まいのばあ様は、お節介やきなんだよ。一日に二つもみっつも声がかかるぜ」

「おおー、すごいな。兵吉さんはなかなかの男ぶりだもんね、もてるはずだ」

駿太郎が言ったところでお梅が納屋から戻ってきた。

「従兄さんがもてる話、十歳のころからひとつ話で私なんか聞き飽きています、ほんとにしちゃいけません、駿太郎さん。従兄さんがのぼせあがるもの」

「えっ、そうなんですか」

猪鍋をたっぷり盛り込んだどんぶりを手に駿太郎が問い返した。

「うーん、正真正銘、ほんとの話だぜ。うちの孫娘はどうだって声をかけられるのは毎日さ。もっとも孫の歳を聞いたら三つだ、四つだというのがあるけどな」

「はあー、三つですか。兵吉さん、十数年は待たないと嫁様に来ませんね」

兵吉を除いた囲炉裏端の一同が大笑いした。そんな反応に兵吉が、

「おお、いまいっしょになったらおしめ替えがおれの仕事だな」

と漏らし、

「従兄さん、お似合いよ」

とお梅が応じて囲炉裏端にふたたび笑い声が起こった。

酒を嗜《たしな》むのは小籐次とおりょうのふたり、兵吉は体が大きいわりに酒は好きではなく、小籐次とおりょうに最初だけ付き合う程度だ。

ぬるめの燗をした酒をゆっくりと口に含んだおりょうが話柄を変えた。

「おまえ様、薫子姫様は三河の所領で幸せにお暮らしのようですね」

三河からの文を読んだおりょうが小籐次に言った。

「子次郎もいて、老女の比呂《ひろ》や犬、猫、鶏、牛なんぞと三河の内海の風情を感じながらのんびりと日々を楽しんでおるようじゃな。江戸の拝領屋敷におったときより、長閑な日々と思える。そなた宛てにはべつの文があったが、五七五が認められておったか」

「はい、七句ございました。その中でも秀逸は、『潮の香《か》や　師走の日々に　江戸おもふ』でしょうか」

「ほう、『潮の香や　師走の日々に　江戸おもふ』か。うん、この字も子次郎か」

「さすがに薫子姫の句作は老女のお比呂さんが認めたようです」

「であろうな。子次郎が潮だの師走だの漢字で書けるとは思えんでな」

と盃を手に小籐次が言った。

「薫子様は、ほんとうは江戸が恋しいのでしょうか。母上様が在所は嫌だところに残っておられますから」

駿太郎が焼き鰯の身を箸でほぐしながら応じた。

「姫は江戸でも比呂と離れ屋にふたり暮らしであったろう。わしが思うには五七五の江戸とは、望外川荘のことではあるまいか」

「ああ、そうか。薫子姫はうちに何日かいましたよね。そうだな、この囲炉裏端で私どもと話しながらこんなように時を過ごしたのが恋しいのかな」

「ああ、きっとそうだ」

小籐次と駿太郎の考えに賛意を示したのは兵吉だった。

「おれだってよ、望外川荘のめしは大好きだもんな。お梅、おめえはいいところに奉公しているんだぞ。そのことが分かっているのか」

「従兄さん、分かってますって。それより従兄さんの嫁とり話はどうなったの。数々ある話のなかにこれという娘さんはいないの」

と気にかかるのかお梅が質した。

「横川界隈のじい様やばあ様の話があてになるか。年ごろの娘は猪牙には乗らねえからよ、最前話したようにおしめをした孫娘を押し付けられるくらいだな」

と兵吉がおりょうから注がれた酒に口を少しつけ、

「母上、従兄妹同士では所帯はもてませんよね」

と駿太郎が問うた。

「なに、おれとお梅の話か、駿太郎さんよ」

とおりょうが答える前に兵吉が聞いた。

「船頭のお嫁さんなんていやだな」

しばし間を置いたお梅がぽつんと漏らしたが、なんとなくその気がないわけではないらしいと、おりょうも小籐次も推量した。

「駿太郎、従兄妹同士の婚姻は武家方でもけっこうありますよ」

とおりょうが答えた。

「おりょう様、従兄妹同士でもいっしょになれるのですね」

とお梅が質した。

「はい、なれます。わたしが奉公していた水野家でも従兄妹同士で所帯を持ち、なかよく暮らしておられるお方がございます」

「おれとお梅な、妙じゃないか」

「どうしてです。母上の話だと従兄妹同士でもいっしょになれるそうですよ」

「お梅な、従兄妹同士というより妹みたいだぞ、駿太郎さん」

「妹だといけませんか」

「実の兄と妹では婚姻は認められまい」

と小籐次が口を挟んだ。

「父上、だから兵吉さんとお梅さんは従兄妹の間柄なんです」

兵吉もお梅もなんとなく当惑の顔付きだ。

「おまえ様、私の前にお好きなお方がございましたよね」

「な、なに、こちらに話が回ってきおったか」

おりょうが従兄妹同士の話から話題を小籐次に振った。

「えっ、父上は母上の他に好きな娘がいたんですか」

と駿太郎が驚きの顔で質した。

「うーむ、ただ今の駿太郎の歳より上だったがな、朋輩に新八という悪さ仲間がいた。その妹のかよとな、なんとなくな、いっしょにいるのが楽しかったかのう。まあ、おりょうを知る前の話だ」

「かよさんはどうしてます」

「どこぞに嫁に行き、孫もいると聞いた。この話、前に喋ったことがないか。覚えておらぬか」

「聞いたような、聞いていないような。はっきりと覚えてはおりません」

と駿太郎が答え、

「赤目小籐次様の初恋か、悪くないな」

と兵吉が漏らした。

「いや、好きも嫌いもあるまい。品川宿で悪さをしていた折の話よ。わしが真に惚れた女子《おなご》は北村りょうしかおらぬでな」

「それが訝《いぶか》しいよな。そう思わないか、駿太郎さんよ。赤目様を前にして言い難《にく》いが、年寄りでさ、大顔に禿げ上がった白髪頭にだんご鼻だぞ、その相手がおりょう様ときた」

「兵吉さん、私は物心ついた折から父上の顔を見て育ちました。こんなものかなと不思議にも思いませんでしたよ」

と駿太郎が言った。その言葉をおりょうが微笑んで聞いていた。

「そりゃそうだろう。真の親父様は別にいるんだろ、駿太郎さんの顔と体付きをみたら、赤目様の倅じゃないと直ぐわかるよな。いや、じい様と間違えられるよな」

「おお、駿太郎の実の父親の須藤平八郎《すどうへいはちろう》どのはなかなかの偉丈夫で精悍《せいかん》な顔をしておられたわ」

「その須藤様とおりょう様なら、駿太郎さんみたいな倅でもいいがな、赤目様とはな」

一杯の酒に酔ったのか、兵吉が首を捻った。

「従兄さん、世間にはいろいろな形の夫婦がいるのよ。いつまでも赤目様のお顔や歳のことに拘《こだわ》っていると、婿にもらってやらないわよ」

とお梅が言い放った。

「えっ、お梅とおれが所帯を持つのか」

「嫌なの」

お梅は話が駿太郎の実父に触れることを避けるために自分と兵吉の話に逸らしたのだろう。兵吉は未だ駿太郎の実の父親がこの世の人ではないことを、またその経緯を知らなかった。

「嫌じゃないけどさ、お梅とな、突然過ぎないか。おれの相手はこれまで三つ四つの娘ばかりだぞ」

「ふーん、私じゃダメなのね。いいわ、兵吉従兄さんに好きな娘ができたら、この望外川荘に連れてくるのよ。おりょう様と私がとっくりと見てあげますからね」

「ううーん、考えておこう」

と兵吉が応じたとき、クロスケとシロが突然吠えだした。

「この刻限にどなたかのう」

小籐次と駿太郎は出雲町の番屋で井東丞次郎と橘満作を刺し殺して逃げた相良

某の一件ではあるまいかと思った。

「父上、私が見て参ります」

駿太郎が提灯《ちょうちん》と木刀を持ち、二匹の犬を連れて船着場に向かった。

「本日、久慈屋さんでなんぞございましたか」

おりょうが小籐次に質した。

「ううーん、あったにはあった。じゃが、ろくでもない上に血なまぐさい騒ぎが絡んでおる。いや、おりょう、勘違いするでないぞ、わしも駿太郎もなにも関わっておらぬ。いわば騒ぎに巻き込まれたというべきか」

と前置きした小籐次が盃を囲炉裏の縁において、事情を説明した。

「なんてこった、そやつ、ふたりの剣術家を番屋で刺し殺して逃げたのか」

兵吉が質した。

「兵吉、そういうことだ。相良某は考えが足りぬだけの愚か者かと思うておったが、久慈屋の昌右衛門さんと駿太郎は、なんとなく相良某の怪しげな正体に感づいていたらしい。南町の近藤どのも難波橋の親分もわしといっしょで、三人を久慈屋から遠ざけようと番屋に連れていっただけの話だった。そんなわけで近藤どのと親分は、えらい失態をしてしまったのだ」

「となると十手持ちの親分が赤目様を呼出しにきたのか」

と兵吉が興味を持って聞いた。

「なんともいえぬな」

と囲炉裏端から表の様子を窺ったが風音が聞こえるばかりだ。

しばらく間をおいてクロスケとシロが台所の裏戸から飛び込んできた。そして、駿太郎が難波橋の秀次親分を連れて戻ってきた。

親分は疲れ切った顔をしていた。やはり相良某の一件だったかと小籐次は思った。

「父上、相良さんはいったん馬喰町《ばくろちょう》の旅籠《はたご》に戻り、ふたりには内緒で宿に預けていた刀を取り戻すと、旅籠賃はふたりが払うと言い残して急ぎ立ち去ったそうです」

駿太郎が秀次から聞いた話をした。

「駿太郎、親分を囲炉裏端に上げよ、体が冷え切っておられよう」

と小籐次が命じ、みなが譲《ゆず》り合って秀次の席をつくった。その場に座った秀次が、

「赤目様、おりょう様、申し訳ねえ。夕餉どきに血なまぐさい話を持ち込んでし

まってよ」

　と詫びた。

　兵吉が茶碗に酒を注いで秀次に差し出した。

「舟に船頭代わりの子分を待たせているんだがよ、一杯だけ馳走になっていいか。ちらちらと雪が降ってきて寒くてしようがない」

　と自分に言い聞かせるように言った秀次が茶碗酒をくいっとひと口飲んだ。

「駿太郎、舟に残した者も連れてこぬか。どんな話か知らぬが、今晩どたばたしたところでなんともなるまい」

　小籐次が改めて駿太郎を船着場に迎えに行かせようとした。すると駿太郎が秀次の顔を見た。

「郁次郎《いくじろう》だけ雪のなか待たせるのも可哀そうだ。こちらにお邪魔させてもらってようございますか」

　との秀次の言葉に駿太郎がまた飛び出していき、二匹の犬も従った。

「赤目様、浪人ふたりを殺した相良ですがね、出羽国米沢藩の城下町の町道場で師範をしていたそうな。名前は、相良大八《だいはち》とか。流儀は一刀流と林崎夢想流の居合術だそうでしてね。二年前、金のもつれで道場主を突き殺して関八州を逃げ回り、押込み強盗なんぞを繰り返して代官所から人相書が回ってきておりました。それによると、なんとなくひ弱そうな形《なり》を相手が甘くみると、こたびみたいな騒ぎになる。代官所の人相書にも田舎剣術ながら、なかなかの腕前と認めてございますな、これまでに道場主を含めて三人を殺して五人に大けがをおわせていまさあ」

秀次親分の説明に小籐次らは茫然として言葉を失った。

そこへ駿太郎と二匹の犬が、雪まみれになった若い子分の郁次郎を連れてきた。

おりょうは、お梅に猪鍋の具材を増やすように命じた。

その間に小籐次が親分から聞いたばかりの相良大八の人物像を駿太郎に告げた。

「驚いたな、あの相良さんはそれほどの非情残酷な悪党でしたか」

「駿太郎さんよ、こたびの一件でふたりの剣術家を殺してさ、都合五人も人の命を奪った野郎にさん付けはなしだよ」

と兵吉が言い、

「そうでしたね、得体が知れないなとは思ってましたが、まさか殺人剣の遣い手とは考えもしませんでした」

と駿太郎が応じた。

そんな問答を聞いた秀次親分が、

「駿太郎さん、あやつ、久慈屋の看板の赤目様親子のことを承知していたと思えます。番頭の国三さんが芝口橋に立って何げなく研ぎ場を見ているあやつの顔と形を覚えてましたからね」

「われらになにをしようというのだ、親分」

「さてそこは野郎をとっ捕まえてみないと分からない。虚言を弄しているうちに当人がその気になるって厄介な悪たれがたまにいまさあ、あやつはその類かもしれません。

井東と橘も博奕に誘ったか誘われたかしらないが、相良が井上真改って名刀を持っていてある研ぎ師に手入れを頼んでいると虚言を弄して、赤目様の研ぎ場にふたりを連れてきたのです。この十日あまり馬喰町の旅籠にいた三人が博奕をしながら、なんとかいう銘刀を研ぎに出しているなんて話をするのを旅籠の男衆や女衆が小耳に挟んでおりましたんでさあ」

「親分さん、相良大八は真に井上真改って名刀を携えていたんでしょうか」

と駿太郎がいちばんの関心事を質した。

「相良は何をしでかすか分からぬ奴ですから、馬喰町の旅籠に密かに預けていた刀が、井上真改であったとしても不思議はありません」

「なんとのう」

と小籐次が首を捻り、

「相良大八が悪たれ侍ということは分かった。じゃが、なぜわれら親子が巻き込まれねばならんのだ」

「そこですよ。最前も野郎を捕まえてみねえと分からないと申し上げましたが、わっしはね、なんとなくですが、赤目様と駿太郎さんになんぞ仕掛けようと思っているんじゃないかと思いましてね、一応耳に入れておこうと夜分に拘わらず邪魔をしたわけでございます」

と秀次が答えた。

しばし沈黙していた小籐次が、

「外はひどい雪のようじゃな。今晩は親分方も兵吉もうちに泊まっていかれよ。まずは酒で体を温めてな、腹ごしらえをして休まれるとよい」

「おっ、あり難《がて》え」

と返事をしたのは兵吉だ。

秀次親分と子分の郁次郎もどことなくほっとした顔をしていた。

「それにしても、わしが相良大八に会うたのは今日が初めてじゃがな。われら親子が厄介ごとになぜ巻き込まれるか分からんな」

と小籐次が最前と同じ疑問を発して首を捻った。

「酔いどれ様よ、曰くがあるじゃないか。酔いどれ様と駿太郎さんの親子はよ、公方様の前で剣術を披露したんだろ、そんな親子をよ、どんな手を使っても負かせばさ、天下に一気に名が知れるじゃないか。まあ、赤目親子には迷惑かもしれねえが、そんな野郎が世の中にはいるんだよ」

と兵吉が言ったが、だれもなにも答えなかった。

駿太郎は、

（そんな容易《たやす》い話ではないのでは）

と思っていた。

風も出てきたか、深々《しんしん》とした雪が降る気配が囲炉裏端でも感じられた。

「さあ、親分さん方、熱々の猪鍋でお酒を召し上がってくださいな」

とおりょうの声がした。

第二章　活躍クロスケ

一

この朝、兵吉と難波橋の秀次親分と子分の乗ってきた二艘《そう》の猪牙舟と、クロスケが胴ノ間に繋がれた研ぎ舟蛙丸の三艘が望外川荘の船着場を離れた。最後の蛙丸で独り櫓を握るのは駿太郎だ。

雪は夜明け前にいったん止んでいたが積雪が三寸ほどあった。ために三艘の舟に積もった雪を慌てて掻きだした。

小籐次はおりょうの、

「おまえ様、雪が積もっておりまして寒うございます。風邪でも引いては厄介です、本日は休みになされたらどうです」

という言葉にしばし沈思していたが、

「そう致すか」

と意外にも素直に受け入れた。そして、駿太郎を見た。

「父上、私はアサリ河岸に参り、朝稽古をして久慈屋さんに立ち寄ってきます。昨晩の話の続きが聞けるかもしれませんから」

と答えた。すると小籐次が、

「クロスケを連れていかぬか」

と勧めた。

そのとき駿太郎は、なんぞ考えがあって父は家に残るのだと思った。が、そのことを口にはしなかった。

船着場に見送りにきた小籐次に秀次親分が、

「酒と猪鍋を馳走になり、思いがけないことに望外川荘に泊まらせて頂き、昨日の不快な思いが消えました。ありがとうございました。わっしにとって、赤目小籐次様とおりょう様の御屋敷に泊まるなんて生涯の思い出でございますよ」

と礼を述べ、小籐次が、

「親分、なんのことがあろうか。この寒さだ、雪はまた降るかもしれぬ。気をつけて帰りなされ」

と送り出した。

「駿太郎、この雪、大雪に変わるやもしれぬ。その折は無理して須崎村に戻ってくることはない。新兵衛長屋に泊まれ」

「はい、そうします」

と答えた駿太郎におりょうが綿入れを持たせた。

そんな問答を聞いていた兵吉が、

「酔いどれの旦那のとこもよ、代替わりだな」

と言った。

三艘の舟は小籐次と須崎村に残ることになったシロに寂しそうに見送られて湧水池から隅田川に出た。

本流に出たとき、またちらちらと雪が舞ってきた。

「酔いどれ様が仕事を休むなんて珍しくないか、やはり歳かね」

と蛙丸の傍ら、左舷側に並走する兵吉から声がかかった。

「珍しいですね。でも、父は十分年寄りです。かような休みは大事でしょう」

と駿太郎が応じると、

「そうだな」

と兵吉が源森川《げんもりがわ》に舳先《へさき》を向けて、

「昼間、望外川荘に様子を見にいくからよ、安心しな」

との言葉を駿太郎に残して消えた。

すると右舷にいた猪牙舟が蛙丸に寄ってきた。

「駿太郎さんよ、酔いどれ様は昨日のことを気にしておられるな」

と秀次親分が声をかけてきた。

昨日のこととは、相良大八の一件だ。

「はい。望外川荘に残られたのは、母上とお梅さんの女ふたりになるのを気にかけてのことだと思います」

「だよな。あやつ、もうひと騒ぎ必ず起こすぜ。駿太郎さんも今日の仕事は早仕舞して、明るいうちに帰るのがようございますぜ」

と言った秀次が、

「もっともクロスケの従う駿太郎さんにあやつひとりがなんぞ仕掛けたところで、太刀打ちできますすまい」

と言い添えた。

「親分さん、人は見かけによりませんよ」

「ああ、それはいえますな。野郎、五人も人を殺しているなんて思えないもんな。なにしろあの外見だ。貧相な面してさ、言葉遣いも自信なさげだよな。そんなあやつが番屋で一瞬の間にふたりを刺し殺しやがった。井東も橘も油断したんでしょうな」

昨夜話したことを親分が繰り返した。

「はい、あの人物に会っても決して油断はしません」

と応じた駿太郎が流れに蛙丸を任せて、これもおりょうが持たせた菅笠を被った。

秀次親分も望外川荘の納屋にあった菅笠に蓑《みの》をすでに着ていた。秀次の子分の郁次郎は手拭いを、やぞう被りにして雪を避けていた。

雪のせいか往来する舟はいつもより少ない。

一気に大川を下った二艘は日本橋川に入り、秀次親分の乗る猪牙舟が大番屋のある南茅場河岸に向けられ、駿太郎とクロスケの乗った一艘だけが楓《もみじ》川を南に進んでアサリ河岸へと向かった。蛙丸を見た岩代祥次郎が、

「おお、駿ちゃん、この雪でも稽古にきたか」

と気付いて叫び、年少組の頭分の森尾繁次郎《もりおしげじろう》が、

「あれ、赤目様の代わりに犬が乗っているぞ、クロスケだな」

「繁次郎さん、父はこの雪で寒いからと須崎村に残りました」

「天下の赤目小籐次様も雪には勝てないか」

と言ったとき、傘を差した祥次郎の兄の壮吾が河岸道に現れて、

「違うな。赤目様は南町に頼みごとをされて須崎村に残ったのだ」

と言った。

壮吾は北町の新米与力だ。当然のことながら南町の失態を承知していた。

「そうじゃないのか、駿太郎さん」

「壮吾さん、違うと思いますよ。母上に、風邪でも引いては厄介ですと言われて望外川荘に残ったんです」

「ならば、駿太郎さん、クロスケをなぜ連れてきた」

と壮吾がしつこく質した。

「なぜかクロスケが蛙丸から下りないもので連れてきたんです。道場の玄関につないでおいていいですかね」

とこちらも壮吾に虚言を弄した。

「雪の降る舟に残すのは可哀そうだよな。おれが桃井先生に願ってやろう、駿太郎さん、犬を連れてこい。寒さを吹き飛ばす稽古をしようか」

との問答を聞いた祥次郎が、

「しめた。兄者は駿太郎さんに任せておこう。われらは年少組だけで稽古だ」

「祥次郎、駿太郎さんとの稽古が終わったらおまえらの指導をなす」

「えっ、見習から新米与力になったからって、そう張りきらなくてもいいじゃないか」

と弟は不満を言った。

クロスケを連れた駿太郎が遅れて道場に行くと、なんと道場の端っこにどこにあったかぼろ座布団が敷いてあって、クロスケの場ができていた。

「桃井先生、クロスケは玄関先でいいんです」

「駿太郎、道場の玄関先にも雪が降り込みおるわ。年少組の稽古を望外川荘のクロスケに見張らせようではないか」

と桃井春蔵《しゅんぞう》が言った。

一度もクロスケを道場に連れてきたことも話をしたこともないのに、桃井まで知っているのが駿太郎には不思議だった。ともあれ他の剣道場で犬を稽古場に上げるところはあるまいと、駿太郎は道場主の優しさを思った。

「有り難うございます」

と礼を述べて駿太郎が道場の端っこにクロスケを連れていき、紐で結んでぼろ座布団に座らせた。

「いいか、クロスケ、ここは道場だぞ。暴れたり吠えたりしたら、雪が降る中、蛙丸に戻すからね」

と言い聞かせて、壮吾との稽古を始めた。

四半刻（三十分）、寒さを吹き払うように壮吾も駿太郎もいつもより熱を入れて打ち合い稽古をした。稽古を終わってみると、年少組の五人はクロスケの周りに集まり、撫でたり摩《さす》ったりしていた。

「こら、だれがクロスケと遊べといった。祥次郎、おまえから稽古をなす、覚悟をしてかかってこい」

「ああー、駿ちゃん、もう少し兄者と付き合ってくれればいいのに。おれ、頭をぼこぼこにされるぞ」

と嘆きながら竹刀を手にした。

「駿太郎さんはおれたちと稽古をするか」

と年少組の十四歳のひとり、清水由之助《しみずゆのすけ》が言った。壮吾より駿太郎が手加減をしてくれることを重々承知していた。

「クロスケが皆さんの稽古の邪魔をしているようです。本日の稽古はこれにて終わり、久慈屋に仕事に行きます」

「クロスケを道場においていってもいいんだがな。だってさ、八丁堀の屋敷で犬を飼っているところなんてないもの、猫はあるけどさ」

と十三歳の園村嘉一《そのむらかいち》が言った。

「どうしてでしょう」

「与力・同心の屋敷に盗みや押込みに入るやつはいないよな。それに昔、与力の屋敷に飼われていた犬が出入りの商人の奉公人を嚙《か》んだんだって。それ以来、八丁堀に犬はなし」

と嘘か真か、そんな話を言い添えた。

「そんな経緯があるんですか。うちのクロスケもシロも飼い主が命じなければ人に嚙みつくなんてしませんよ」

「ということは嚙みつかれた悪党がいるんだ」

「望外川荘に押し込もうとした輩が何人も」

「おっかねえ」

と話を聞いていた吉水吉三郎《よしみずきちさぶろう》が首を竦めた。

「大丈夫、クロスケは私の仲間に嚙みつく真似は決してしません」

と言った駿太郎が、

「嘉一さん、もうすぐ新年、年少組が新たに入門してくるのではありませんか」

と話題を変えた。

「ああ、八丁堀から二、三人は十二、三歳が入門すると聞いたな」

「となると私どもは年少組の兄貴分、遊び半分の稽古はできませんよね。ともかく本日はこれにて失礼します」

とクロスケを連れた駿太郎が、

「桃井先生、クロスケにまで気を使って頂きましてありがとうございました」

と礼を述べると、

「そうか、久慈屋にいくか。南町は厄介に巻き込まれているようだな。なんとしても武芸者を番屋で刺し殺した者を捕まえぬと近藤精兵衛の立場がないからのう」

とすでに騒ぎを承知か言った。

近藤はアサリ河岸の鏡心明智流桃井道場の古手門弟であった。ゆえに道場主の桃井春蔵は案じていた。そして、

「駿太郎、そなたはそやつの正体を知っておるで、もはやそやつと遭っても侮《あなど》ることはあるまいが、こんなご時世じゃ、油断をするでないぞ」

と諭した。

「はい。桃井先生のお言葉肝に銘じます」

と返事をした駿太郎とクロスケが道場を出てみると、雪が一段と激しく降っていた。

「クロスケ、大雪になるぞ」

と言いながら河岸道を下りて雪が積もった蛙丸に飼い犬を乗せて三十間堀から久慈屋に向かった。駿太郎の菅笠もクロスケの黒毛も雪が見る見る白く染めていった。

高下駄を履いた女衆が番傘を差して難儀しながら河岸道を歩いていた。通いの奉公人だろうか。そして、どこからともなく餅を搗《つ》く杵の音がしてきた。

(師走だな)

と思いながら駿太郎はなんとか久慈屋の船着場に研ぎ舟蛙丸をつけた。

するると久慈屋の荷運び頭の喜多造《きたぞう》が荷船に苫《とま》屋根を設えていた。

品物の紙を濡らさないためだ。もちろん紙は油紙に包み、その上に使い込んだ帆布がかけられていたが、大雪になると見た喜多造はさらに苫屋根を掛けようとしていた。

「おお、今日は駿太郎さんひとりか」

「喜多造さん、父はお休みです。その代わりクロスケを連れてきました」

「おお、犬連れか。この雪は一日、いや、明朝まで残りそうだぞ。そうだ、あとでな、蛙丸にも苫屋根をな、つけてやろう」

と喜多造が言った。

「船頭の私は菅笠と蓑で雪を避けています。そうか、クロスケも真っ白だと可哀そうか」

「そういうことだ。蛙丸の艫側に半分ほど苫をかけよう」

「お願いしていいですか」

「紙問屋の荷船の苫屋根ほどしっかりとしたものじゃありませんよ。雪よけの苫だ。それでいいかな、駿太郎さん」

「お願いします」

「クロスケは店に連れていきなされ。苫を掛ける作業に差し支えますからね」

「桃井道場でも稽古場の隅に席をつくってもらいました」

「ほうほう、道場の稽古場にね。クロスケも桃井道場に入門したか」

との喜多造の言葉を聞きながら、久慈屋の店先にいくと大戸が半分ほど閉じられていた。それでも研ぎ場の前は開かれてすでに三寸は越えた雪のせいで明るかった。

「おや、赤目様は南町の御用に駆り出されましたかな」

大番頭の観右衛門がわけ知り顔で駿太郎に質した。

「秀次親分が昨日の夕餉時分にお出でになり、泊まっていかれました。だけど、父上は雪が降るので母上に止められて望外川荘に残りました」

「おや、親分が望外川荘にね。こんな雪でも降らなければ須崎村に泊まるなんてことはありますまい。親分おひとりでしたか」

「いえ、子分の郁次郎さんと、それともうひとりお梅さんの従兄の兵吉さんも泊まられて、夕べは賑やかでした」

「おやおや」

と笑った観右衛門に駿太郎が、

「最前まで親分とはいっしょでしたが、昨日の騒ぎになにか変わりはないですか」

「朝早くに近藤の旦那が見えましたがね、暗い顔で相良大八め、早々に江戸を離れて上方辺りに高跳びしたんじゃないか、と悔しがっておりましたぞ」

「江戸から逃げ出しましたか」

　と駿太郎が考え込んだ。

　そこへ番頭の国三が研ぎ場に手あぶりを運んできた。

「ありがとう、国三さん。寒さを堪えるのも修行のひとつです」

「分かっています。でも、研ぎはお客様の預かりもの、手がかじかんで刃に余計な傷をつけるかもしれませんからね」

　と国三がひとつだけの研ぎ場の傍らに置いた。

「ありがとう」

　国三の親切に素直に礼を述べた駿太郎が久慈屋の帳場に眼差しを向けて、

「父が本日こちらに参らなかったのは、望外川荘を母上とお梅さんのふたりだけにしたくなかったのではないかと思います」

　と言い出した。

「えっ、雪のせいではないので」

と観右衛門が応じて、

「大番頭さん、あの相良大八なる人物、只者ではございませんよ。赤目様はそのことを案じて望外川荘に残られたのです」

と昌右衛門が言い切った。

「いくらなんでも天下の赤目小籐次になんぞ悪さをしようなんて考えていませんよね」

「そこがなんともね、秀次親分も赤目様の考えを聞きたくて須崎村を訪ねられたのでしょう。その結果、赤目様はあちらに残られた」

「旦那様、言ってはなんですが、相良大八、貧相な顔に貧弱な体、駿太郎さんの半分くらいしかありませんな。あの御仁が」

「失礼ながら赤目小籐次様も相良大八同様に背丈も低うございますな。ですが、こちらは天下無双の武芸者ですよ。武術の強さは体の大小ではございますまい。才と修行と覚悟の差です」

「それはそうですが、赤目小籐次様と相良大八を比べるのはいかがでございましょうな」

「そこですよ、大番頭さん。片方は公方様もご存じの武芸者、『御鑓拝借』以来の数多《あまた》の武勲の持ち主、格別です。かようなことをなされたのは三百諸侯の家臣の中でもただひとりです。赤目様は小さな体を利する稽古をしてこられたゆえ、天下一の剣術家になられた。ところがあの相良、貧弱といえば言い過ぎかもしれませんが、その体を逆手にとって人を何人も殺《あや》めてきた。相良大八の得意技は尋常な剣術ではのうて、あの形と上目遣いで油断させることではありませんかな」

と昌右衛門が珍しく長広舌を振るった。

「どうです、駿太郎さん。旦那様のお考えは」

「昨日、あの相良に会った折、私も旦那様と同じ考えといえば烏滸《おこ》がましいですが、なんとなく油断がならない、得体が知れないと思いました。父は相良大八のことを何も口にしませんでしたが、心中ではかの人物については一瞬たりとも考えるに値せずと思っていたのではないでしょうか、父にしては珍しいことです」

駿太郎の言葉に観右衛門が考え込んだ。

「国三さんもあの相良に不審を持ったおひとりではありませんか」

と駿太郎が質した。

「駿太郎さんに問われて、はい、そうです、とは答え難いですが、橋の上から水面を眺めながらちらりと研ぎ場に視線をやった顔が忘れられなかったのは確かです」

「それですよ。相良大八のしつこいような強《したた》かさは、相手をまず知ることから始めて必ず勝つと確信せねば手を出さないところではないでしょうか。尋常勝負ならば、井東丞次郎さんや橘満作さんの方が断然強いはずです。ですが、あのふたりは相良大八を見縊《みくび》っていた。だから番屋で殺されたんだと思います」

と駿太郎が答えた。

「赤目様も秀次親分と話をしてそう感じられたゆえ、須崎村に残ったのだと思います」

と昌右衛門が言い切り、

「大番頭さん、赤目小籐次様は相良大八の心底を十二分に察しておられますよ。ゆえに望外川荘に残られた。ひょっとしたら赤目様はあちらに相良を誘《おび》き寄せようと考えられたか。しかしながら赤目様には身内に強い味方の若武者がおられることを相良は甘く見ているのではありませんか」

「旦那様、私だけではございません。久慈屋の方々や難波橋の親分一統やら多くの方々がおられます。信頼できる仲間がいるということの意味が相良大八には生涯分かりますまい。独りで戦うゆえどのような手も使うし、大胆なのではないでしょうか」

駿太郎の言葉にその場を沈黙が支配し、

「旦那様、十三歳の駿太郎さんに年寄りの私が教えられました」

と観右衛門が口を開いて、

「大番頭さん、あと数日で十四歳になります」

と駿太郎が言い添えた。

二

ちらちらと舞う雪は、時折風にのって激しく、そしてまた粉雪に変わり一日続く気配だった。

この界隈のおかみさんから頼まれた出刃包丁などを駿太郎はひたすら研いだ。その傍らにはクロスケが控えて、須崎村とは違う芝口橋の人の往来を飽きずに眺めていた。

駿太郎が頼まれた刃物を無心に研いでいると、クロスケが、ワンと小さな声で吠えた。

研ぎの手を止めて橋を見ると、片足に高下駄を履いた娘が欄干《らんかん》によりかかるように片手に履物、もう一方の手に番傘を持って茫然と立っていた。折から雪が激しく降りだしていた。

「クロスケ、よく分かったな」

飼い犬の頭をなでると駿太郎が立ち上がり、高下駄を履いて娘のところに行き、

「鼻緒が切れましたか。あちらの久慈屋さんまで参りませんか。直ぐに鼻緒を挿《す》げ替えます」

と声をかけた。

娘は戸惑った表情で駿太郎を見た。

「怪しい者ではありません。紙問屋の久慈屋さんの店先で研ぎをさせてもらっている者です」

と駿太郎が言うと、閉じた番傘を欄干に立てかけた娘が改めて駿太郎を見た。この界隈に買い物に出てきたお店の娘のようで十六、七と思えた。

「承知しています」

と応じる娘から緒の切れた高下駄と番傘をとり、

「あのう、私の背に負ぶさってください。片足では歩くことができないでしょう」

と駿太郎が背中を向けた。

娘は思いがけない駿太郎の申し出に当惑してなにも答えなかった。そこへ国三が女ものの下駄を持ってきて、

「南鍋町の糸屋の娘さんですよね。この下駄に履き替えなさい」

と言い、差し出した。

「ああ、そうでしたね。若い娘さんが知らない男の背中に往来で負ぶさるなんてできませんよね、ご免なさい」

駿太郎が詫び、国三が店から持ってきた下駄を女の前に揃えて置いた。

橋の袂でも下駄が埋まるほど雪が積もっていた。

「申し訳ありません」

と履き替える娘の番傘を駿太郎が広げて差しかけた。

娘を国三と駿太郎が挟み込むようにして久慈屋に連れていった。

芝口橋を往来する駕籠《かご》屋も徒歩の通行人も足駄や草鞋《わらじ》が足首まで埋まっていた。

大番頭の観右衛門が研ぎ場の傍らまで出てきて娘を迎えた。

「えらい目に遭いましたな。さあ、店に入って火鉢の傍においでなさい」

と框《かまち》に置かれた火鉢のもとに連れていこうとした。

「すいません、大番頭さん」

と娘は観右衛門を承知のようでそう答え、敷居を跨《また》ぐ前に体に降りかかった雪を払った。

そんな様子をクロスケが珍しそうに見ている。

駿太郎は番傘の雪を払い、研ぎ場の傍らに立てかけて座ると、刃物を拭うのに使う古布を裂いて鼻緒を挿げ替え始めた。

「いやはや、えらい雪になりましたね」

と久慈屋の框に腰を下ろすかどうか迷う娘に昌右衛門が言葉をかけた。

「久慈屋の旦那様、迷惑をお掛けしてすいません。南鍋町の糸屋のそめです」

と改めて名乗りながら詫びた。

南鍋町は、刀脇差の細工の匠や煙管《きせる》屋が多かった。菓子所えびや作兵衛や名酒屋の中村清兵衛、仏具並びに鋳物師長谷川越後などの老舗が知られた町内に糸屋宇井や十兵衛があった。おそめは宇井やの娘らしいと駿太郎は思った。芝口橋の新兵衛長屋で物心つき育ったのだ、この界隈の店はおよそ承知だが、さすがにお店の身内や奉公人まで知らなかった。

昌右衛門が、

「姉さんのおみきさんはうちのやえと同い年でしたよね」

と言った。

久慈屋の当代は小僧、手代、番頭と勤めて久慈屋のひとり娘のおやえと所帯を持った。奉公人時代が長いせいかこの界隈のことは子細に承知だった。

「はい。こちらのおやえさんと長姉は、同い年です。品川宿に嫁に行きました」

とそこへおやえが姿を見せて、

「おそめちゃん、おみきさんには三人のお子さんがいるのよね。さあ、火鉢の傍にかけてかけて」

と框に座布団を出した。

「すいません、おやえさん。こんな大雪になるなんて。橋向こうに使いにいこうとしたら、橋の袂で鼻緒が切れちゃって」

と言い訳してようやく框に腰を下ろしたおそめが、

「まさか赤目小籐次様のご子息が見ておられたとは」

と恥ずかしそうに言い添えた。

「駿太郎さんはどなたにも親切なの。いくつと思う、おそめちゃん」

「わたし、片足の高下駄でお顔を見上げました。わたしと同じか一つふたつ年上でしょうか」

「もうすぐ十四歳」

「えっ、十三ですって、そんなに若いのですか。わたし、危うく駿太郎さんに負ぶわれてこちらに連れてこられるところでした」

「おそめさん、天下無双の赤目小籐次様の嫡子、駿太郎さんに負ぶわれるなんて滅多にあることではありませんよ」

と言った国三が橋の袂の問答をおやえに教えた。

「ふっふっふ、国三のいうとおり惜しいことをしたわね、おそめちゃん」

「駿太郎さんに限らず、久慈屋さんの男衆《おとこし》はどなたも親切ですね。びっくりしました」

とおそめは言った。

「おそめちゃんは末娘よね、いくつになったの」

「十六です、もう数日で十七歳です」

そこへこんどはお鈴が茶菓を運んできた。

「わあっ、わたし、客じゃあありません」

とおそめが恐縮して框から立ち上がろうとするのを、

「本日はうちもこの雪で商い上がったりよ」

とおやえが引き留めた。そこへ駿太郎が、

「おそめさん、高下駄の鼻緒を挿げ替えました。橋向こうまで使いにいくくらいだったらこれで持つかな」

と案じながら高下駄を見せた。

おそめは茶菓を供せられ、鼻緒を挿げた高下駄を見せられてもはや狼狽《ろうばい》気味だ。

「いえ、赤目様のご子息に鼻緒を挿げてもらったなんていったらお父つぁんもおっ母さんも魂消て、この高下駄を神棚に上げかねません。すいません、お武家さんに下駄の鼻緒の挿げ替えをして頂くなんて」

と頭を下げた。

「ただの研ぎ屋です。それより父は本日こちらに来なくてよかったな。須崎村は大変な大雪になりそうだ」

駿太郎が須崎村の雪に話題を変えながら、高下駄をおそめの足元に揃えて置いた。

久慈屋は紙問屋ゆえ小売店のようにふらりと客が入ってくる店ではない。まして この雪で半分店仕舞いの感じだった。なにしろ品物の紙の大敵は湿気だ。蔵の中に仕舞いこんである。

「おそめちゃん、こんなことでもなければうちを訪れることはないでしょ。うちと赤目様の一家は親戚のような付き合いなの。このお鈴さんは赤目様の知り合いで、丹波篠山《たんばささやま》に旅していた赤目様一家といっしょに江戸に出てきたの。ここに集っている顔はみんな身内よ」

と言った。

「身内か、いいな」

と応じたおそめに、

「糸屋さんを次女のおかよさんが手伝っているって聞いたけど跡取りになるの」

とおやえが聞いた。

「糸屋の跡取りだなんて、うちは久慈屋さんのような大店ではありません。姉ふたりは小さな糸屋を嫌ってさっさと嫁にいきました」

「あら、二番目のおかよさんもお嫁に行ったの」

「はい、同じ町内の南京落雁のあずまやに嫁入りしました」

「あら、あずまやさんの若おかみがおかよさんなの。私、知らなかった」

「ご近所のお店とはいえ、久慈屋さんはこの界隈一の大店です。南鍋町の店はどこも古いだけで、間口四、五間あるかなしかの小店ばかりです。その中でもうちの糸屋はいちばん小商いです、姉ふたりが見切りをつけるのはよく分かります」

「商いは小さくても大きくても大変なのはいっしょよ。見てごらんなさい、うちなんてこの雪で商いにならないわ、みんなして男衆が退屈している顔を見て」

「おやえさん、うちのお店にはお父つぁんひとりです、皺のよった顔を一日じゅう眺めていることを考えてください。うんざりします」

「ふっわっはは」

と破顔した観右衛門が、

「宇井やの十兵衛さんと私はたしか歳がいっしょです。近ごろお見掛けしていませんが、元気ですかな」

「陰気くさい顔で店に座っているものですから、珍しく入ってきたお客様も店を間違えたと言って、さっさと出て行かれます。それで近ごろではわたしがお客様の相手をするようになりました」

「おお、それはいい、十兵衛さんや私のような年寄りに相手をされるより若くて見め麗しいおそめさんのほうが宜しい」

「あら、大番頭さん、口が上手ですね。いいな、大番頭さんから小僧さんまでたくさんの奉公人がいるお店って活気があって」

というおそめに、

「久慈屋の大看板は、なんといっても赤目小籐次様と駿太郎さん親子です」

と観右衛門は顔を研ぎ場に向けた。

すでに駿太郎は研ぎ場に戻り、研ぎかけていた出刃包丁の手入れを始めていた。

そんな駿太郎の前に雪の積もった番傘を差して読売屋の空蔵が立った。

空蔵のにおいを嗅いで、どうやら承知している人物と察したようでクロスケは吠えなかった。

「どうしたえ、酔いどれ様はよ」

「本日は須崎村で留守番です」

「なに、研ぎ屋が留守番だと、まあ、この雪だもんな。年寄りは囲炉裏端で火の番か」

「父上に用事ですか」

「用事といえば用事だが、この雪だ。須崎村まではいきたくねえな」

と空蔵が顎に手をあてて考え込み、視線をうす暗い店に向けた。

「久慈屋のご一統、さすがにこの大雪じゃ、商いになりますめえ」

「なりませんな。空蔵さんは大雪でも仕事ですかな」

「大番頭さんよ、人の往来はなし、どこもこちらといっしょ、表戸を半分閉《た》てて所在なげにしてやがる。まあ、読売になるような話はどこもないな」

「そんな空蔵さんが何用で赤目様と会おうとしておられます」

「天下の赤目小籐次の関所が久慈屋の大番頭だもんな、ううん」

と唸った空蔵が、

「昨日の一件さ、なんとなく気になってな。こんな雪だ、役人だって身動きつかないわな。あやつ、江戸から高跳びをしてやがると考えていたんだがな、とくと考えると、未だこの江戸にいるような気がしてな。酔いどれ様と話してみたいと思ったのよ」

と言った。

「空蔵さん、父上も空蔵さんと同じ考えではないでしょうか。雪のせいではなくて、相良なんとかの動きが気にかかって望外川荘に残ったのだと思います」

「やっぱりそうか」

「昨夜は難波橋の親分が望外川荘に泊まっていかれました。きっとこのことを話し合ったと思います」

「そういうことか。となると今晩が危ないな、久慈屋さんよ」

「うちには心強い身内がおりますでな」

空蔵の危惧の言葉に観右衛門が答えた。

「酔いどれ様は須崎村に残ったんじゃないか」

「いえ、赤目様を頼りにしているのとは違いますよ。この雪で須崎村に戻るのは難儀でしょう。駿太郎さん、うちに泊まって下され」

観右衛門が視線を空蔵から駿太郎に向けて願った。

「父は、今朝がた、大雪になるようならば新兵衛長屋に泊まってこよ、と言いました」

と駿太郎が応じた。

おやえがお鈴に小声で何か告げた。すると心得てお鈴は店から消えた。

「あやつの狙いは、赤目小籐次か、この久慈屋と見た。大番頭さんよ、駿太郎さんといっしょにおれも今晩こちらに泊まらせてくれないか」

と空蔵が願った。

「読売屋を泊まらせる義理はございませんな。そうだ、うちの荷船にも研ぎ舟蛙丸にも頭が苫屋根をかけておりましたな、どうです、舟中泊というのは」

「えっ、雪の降る堀に止められた苫船でひと晩過ごせと言うのか。空蔵と久慈屋の間柄じゃないか、少し融通は利かないか」

「利きません」

昌右衛門の一言で空蔵が泊ることは叶わなかった。

そんな問答を宇井やの末娘のおそめが興味津々に聞いていたが、

「久慈屋のご一統様、有難うございました。わたし、いったん店に帰ります」

と框から立ち上がろうとするのをおやえが引き止めた。

「おそめちゃん、偶《たま》にうちへ遊びにこない。店は男ばかりだけど、大番頭さんが話好きだから相手をしてくれるわ」

とおやえが言ったとき、お鈴が戻ってきて竹皮包みをおやえに差し出した。

「落雁屋が親戚なら宇井やさんには甘いものはあるわね。でもこちらは、室町の甘味屋いずみ庵の豆大福よ。おっ母さんと食べて」

と渡した。

「えっ、高下駄の鼻緒を駿太郎さんに挿げ替えてもらったうえにお土産までもらっていいんですか。姉の嫁にいった落雁屋はここだけの話、ケチなんです。姉がうちにきても落雁を持ってきた例《ため》しなんてありません」

と小声でおやえに言った。

おそめの手に豆大福を押し付けたおやえが、

「話がしたいとき、うちにくるのよ。あなたはわたしの妹分でしょ。お店は男ばかりだけど台所は女衆のたまり場だからね。お鈴たちが相手して愚痴を聞いてくれるわよ、いい」

「ありがとう、おやえさん。橋の前で高下駄の鼻緒が切れてよかったわ。駿太郎さんや久慈屋の皆さんと知り合いになれたもの、ありがとう」

と改めて礼を述べた。

「鼻緒を挿げるなんて大したことはありませんよ。こんど久慈屋にくるとき、台所の包丁を持ってきてください。無料で研ぎます。研ぎが気に入ったら、その次から研ぎ代を頂戴します」

と駿太郎が研ぎ場に立ち上がりながら応じた。

「なに、駿太郎さんが糸屋の娘の鼻緒を直したのか。駿太郎さんはよ、だれにも親切だよな」

「はい、読売屋さんと悪人以外はお付き合いします」

「おれと悪人はいっしょくたか」

「空蔵さん、一度くらい研ぎの要る包丁を持ってきたことがありますか。久慈屋さんともうちとも長い付き合いですよね」

「ちえっ」

　と舌打ちした空蔵が、

「酔いどれ親子に研ぎに出す包丁を持ってこいってか。駿太郎め、親父に似ずだんだんと商売上手になりやがったな」

「うちは久慈屋さんの店先を借りた研ぎ屋です。お客様だいいちです」

　駿太郎がおそめに番傘を渡した。

　おそめはこんな風に読売屋と好き勝手に話し合える帳場格子の大番頭や駿太郎や奉公人たちが羨ましかった。

「駿太郎さん、ありがとう。こんど、うちの包丁を持ってくるわね」

　と言って雪の中へ高下駄で踏み出し、

「鼻緒の具合がいいわ」

　と振り返って駿太郎ににっこりとした笑顔を向けて南鍋町の店に戻っていった。

「そうだよ、糸屋の主は十兵衛といったか、久慈屋の大番頭さんと同じくらいの年寄りしか店にいないもんな。若い娘には退屈だよな」

「私も十兵衛さんと同じ年寄りで悪うございましたね、ほら蔵さん」

と観右衛門が言った。

「大番頭さんよ、おれがさ、こう好き放題に言えるのはこの久慈屋くらいなんだよ。なんでも本気にしちゃいけないぜ。あの娘が親父独り相手に店番していると思うとさ、姉貴分のおやえさんの心遣いが分かるよな」

と空蔵が真面目な顔で言った。

「分かってますよ。それにしてもおそめさんはいい娘ですね」

と観右衛門がおやえに言った。

「品川に嫁にいったおみきさんは無口なお人だったわね。三人姉妹のなかでは残ったおそめさんが、いちばん人当たりがいいわね。おそめさんも嫁に行ったら南鍋町の糸屋は寂しくなるわ」

「相手がおりましょうかね」

「いえ、お父つぁんのことでせい一杯じゃないかしら。ときにうちにきてお喋りしていくと気分も変わると思うんだけど」

というのを駿太郎は研ぎ仕事の背中で聞いた。

三

須崎村では江戸の芝口橋より激しく雪が降っていた。

囲炉裏端で一日を過ごした小籐次が土間に入れてもらった飼い犬のシロに、

「シロ、クロスケは本日戻ってこられまい」

と話しかけた。

「旦那様、須崎村は江戸よりずいぶん寒いですよ。だけど、こんな大雪が降った覚えは私にはありません。今だって六寸以上も積もっています。ひと晩じゅう降りつづけば、明朝一尺は越えます。駿太郎さんはこんな大雪のさなか、隅田川を上がってくるなんて無茶ですよ」

とお梅が言った。

「大雪になるようならば長屋に泊まってこいと言ったでな、そうしていよう」

「夕ごはんはどうするんです」

お梅が言ったとき、おりょうが台所に姿を見せた。絵筆を何本も手にしているところを見ると絵を描いていたのだろう。

「おりょう様、あとで私が洗っておきます。座敷は寒かったでしょう。まず囲炉裏端で温まってください」

「ありがとう」

と応じたおりょうが絵筆をお梅に渡し、

「おまえ様、駿太郎とクロスケは久慈屋さんに泊めて頂くのではありませんか」

「そうかもしれぬな」

と応じた小籐次は、いくらなんでも相良大八がこの雪中、須崎村には姿を見せまいと思った。となると久慈屋のほうかと、ちらりと考えたが駿太郎にまかせるしかないな、ともかく倅が戻ってくることはあるまいと思った。

「昨夜は難波橋の親分方がいたで賑やかであったが、本日は静かなものじゃな」

「これもまたようございます」

おりょうが応じたところにちろりで燗をつけた酒をお梅が運んできた。

「囲炉裏端では雪見酒とはよぶまいな」

と盃をおりょうの前におき、小籐次が熱めの燗酒を注いだ。

「俳句も和歌も、眼前に見ずとも頭に思い描いた景色を詠むのは一向に差し支えございません。どうです、わが君、囲炉裏端で一句をお詠みになりませんか」

とおりょうは小籐次を促した。

「なに、わしに詠めというか。座興を為すにはまず一杯が喉を通らぬとな、素面《しらふ》でさような真似はできぬわ」

と言いながら独酌した小籐次がしばし手に盃を持ったまま沈思したあと、ゆっくりと酒を口にふくみ、喉に落とした。そして、

「子がそだち　囲炉裏端にて　雪見酒」

と呟いた。

「子がそだち　いろり端にて　雪見酒、ですか。父親の気持ちがよう出ております」

とおりょうがにっこりと微笑み、盃に口をつけた。

養父は「囲炉裏」と漢字を思い、養母のおりょうは少しでも句風が柔らかくなるように頭のなかで「いろり」とひらがなにした。

この刻限、駿太郎と国三は蓑に菅笠で厳重に身仕度を整え、新兵衛長屋の堀留に研ぎ舟蛙丸をつけた。

「おお、長屋の庭にも五寸以上も積もってますよ」

と国三が言った。

「なかなかの雪ですね」

と応じながら、

「新兵衛さんの様子を聞いてきます」

駿太郎が蛙丸の艫から雪の庭に飛びあがり、長屋へと向かった。

そのとき、駿太郎は雪のなか、だれかに見張られている感じがした。が、動きを変えることはなかった。

勝五郎の部屋の腰高障子には灯りが点っていた。

「だれだえ、今ごろ」

人の気配に気づいた勝五郎が声をかけた。

「駿太郎です。これから須崎村に戻ります。その前に新兵衛さんの様子を見ていこうと思います」

「酔いどれ様は舟で待っているのか」

「いえ、今日は須崎村で留守番です」

「これだけの雪だもんな。年寄りは無理をしないほうがいいや」

という声を聞いて木戸口の向こうにある差配の家に向かった。

「お邪魔します」

軒下で菅笠と蓑を脱いだ駿太郎の声に中から腰高障子が開けられ、桂三郎が驚きの顔で立っていた。

「駿太郎さん、どうしました」

「ええ、これから須崎村に戻ります。その前に新兵衛さんの御機嫌を伺おうと思い、訪ねてきました」

「駿太郎さん、この雪の中、須崎村に舟でなんて無茶よ」

とお夕が飛び出してきた。

「舟は蛙丸です。それに助《すけ》船頭として国三さんがいっしょなんです。出来るだけ堀伝いに行きます、無理はしませんからご心配なく」

と答えた駿太郎に、

「お父つぁんには独りだけ早めに夕餉を食させたので、もう寝床に入っています」

と最後にお麻が出てきて言った。

「それはよかった、安心しました。国三さんを待たせていますから帰ります」

と脱いだばかりの蓑と菅笠を身に着け直した。

「駿太郎さん、ほんとうにこの雪の中、須崎村に帰る気なの」

とお夕が念押しした。

「本日、父上は須崎村に母上と留守番です。こちらに泊まると言ってきていませんから、堀沿いに日本橋川に出て、あとは大川の流れ次第で無理はしません」

と虚言を弄した駿太郎が差配の家から飛び出していった。長屋の庭に戻ると、

「おい、ほんとうに須崎村に戻る気か」

腰高障子をわずかに開けて駿太郎の動きを見ていた勝五郎も駿太郎に質した。

「ええ、無理はしません。国三さんがいっしょに須崎村まで行ってくれますから、ご心配なく」

と応じた駿太郎が足首まで埋まる雪の庭から蛙丸に戻ろうとした。

その瞬間、はっきりとだれかに監視されていると感じた。

むろん勝五郎や桂三郎の一家ではない、嫌な感じの視線だった。だが、駿太郎は知らんぷりで足を止めた。

「勝五郎さんの声は聞こえましたよ。差配の家でも皆さんに止められたのではありませんか」

と国三が問うた。

「お夕姉ちゃんから無茶だと何度も止められました。でもふたりですから大丈夫ですよね」

と答えた駿太郎が雪の積もった艫に飛び降りると石垣に手をかけた。同時に竹竿を持った国三が石垣を突いてふたり一緒に堀留から蛙丸を離した。

クロスケは苫屋根の下で丸まっていた。

石垣から十数間離れたとき、傘を差したお夕と勝五郎が堀留にやってきた。

「本気で須崎村に戻る気だぞ」

「国三さんがついているから大丈夫ですよね」

というお夕の不安の籠った問いに勝五郎は答えず、激しく降る雪の向こうに消えていく蛙丸を見ていた。


須崎村ではシロがお梅にエサをもらい、がつがつと食していた。

「クロスケも夕ごはんを食べていますよね」

とお梅が慣れない芝口橋でどうしているか気にした。

「お梅、案ずるな。久慈屋さんの温かい台所の板の間で奉公人方と食しておるわ、

「駿太郎もいっしょにな」
と小籐次がいい、おりょうが頷いた。

そのとき、クロスケは三十間堀に舳先を入れて木挽橋へと向かう蛙丸の苫屋根の下で丸まって、じいっとしていた。クロスケにとって寒くて長い一日が続いていた。

駿太郎は櫓を漕ぎながら河岸道に最前新兵衛長屋で感じた監視の眼がないことを確かめた。なにしろこの大雪だ、水上を進む蛙丸のほうが断然早かった。駿太郎は監視の者を振り切ったと感じたが、そのことを国三には言わなかった。

蛙丸は雪のなか三十間堀の北の端を鉤《かぎ》の手に曲がり、八丁堀の西に架かる白魚橋の橋下に止まると、駿太郎が河岸道に人影も人の気配もないことを確かめて、

「クロスケ、雪のなかを歩いて久慈屋に戻るぞ」

といい、菅笠と蓑を着た駿太郎と国三はいっしょに河岸道に上がった。たった今蛙丸が進んできた三十間堀と並行する、日本橋から京の三条大橋へと向かう東海道の間の路地にふたりと一匹の犬は姿を消した。

路地の家々はもはや夕餉を終えたか、ひっそりとしていた。

国三も駿太郎もこの界隈を熟知していた。人の往来する気配のない裏道や路地を抜けて、久慈屋の裏口にそっと戻ってきたのだ。

国三が裏戸をこつこつと叩くと菅笠と蓑を脱いだ。戸締りを解く音がすると、無言で雪にまみれた防雪着を手に裏戸を引き開けて台所に入った。

駿太郎はクロスケの雪を手拭いで払って、竈《かまど》や火鉢の火で温かな台所を見て、ほっとした。だが、ふたりも迎える奉公人たちも無言だった。

お鈴がクロスケの濡れた体を乾いた手拭いで拭ってやった。

駿太郎と国三は格別に沸かされていた内湯に入り、冷え切った体を温めた。しばらく無言で湯に浸かっていたふたりが、

「久しぶりに雪の冷たさに身が凍えました」

「いやはや寒さで死ぬかとおもいましたよ、駿太郎さん」

「こういう風呂を極楽というのでしょうか」

「私どもの酔狂が役に立つとよいですがね」

「いえ、なにもないことがいちばんよいことですよ」

と言い合った。

脱衣場にはふたりの乾いた衣服があった。それに着換えたふたりが台所に戻る

と、大番頭の観右衛門が、

「ご苦労でしたな、あやつ、ふたりの企てに引っかかりますかな」

「どうでしょう。あの雪のなかで震えて歩いていたら、相良大八も独りで久慈屋に押し入るような愚かな真似はしないのではないかと考えました」

と駿太郎が言うと、

「もしそうなら私たちの行動が役に立ったということです」

と国三が賛意を示した。

観右衛門が鷹揚《おうよう》に頷き、お鈴や女衆がふたりの膳を運んできてくれた。

「鶏肉や豆腐や里芋など具だくさんの丹波篠山風の五目汁よ。体が温まるわよ」

とお鈴が言った。

クロスケも女衆からめしに五目汁をかけたエサをもらい、夢中で食していた。

駿太郎と国三も温かい夕餉をひと口食して顔が和んだ。

そんな様子を見た観右衛門がようやく自分の膳に手をつけようとした。

「大番頭さん、白湯《さゆ》をどうぞ」

とお鈴が茶碗を差し出した。

「うむ」

と茶碗を受け取った観右衛門が、

「なんともよろしき白湯ですな。これで赤目様がお相手におられるとよいのですがな」

と言いながら熱燗の茶碗酒の香りをかいで、にっこりとした。


この夜、国三と駿太郎は店の板の間に夜具を敷いて寝た。クロスケは店の土間に寝床をつくってもらい、ようやくほっとした様子で丸まった。蛙丸の苫屋根の下と違い、苫の隙間から冷たい雪が吹きこむこともない。

板の間には火鉢が置かれて有明行灯《ありあけあんどん》がひとつともされていた。

枕元に孫六兼元と愛用の木刀を置き、衣服を着たまま休む駿太郎が、

「いいか、クロスケ、なにがあっても吠えるのではないぞ」

と幾たびも言い聞かせ、クロスケは眠りに就いた。

風が出てきたか雪が店の大戸に叩きつけられる音を聞いているうちに駿太郎も国三も眠りに就いた。

どれほどの刻限眠ったか。

コツコツ

と通用戸が叩かれる音に駿太郎が素早く起きて孫六兼元を腰に差して木刀を摑み、クロスケのもとにいって口元を手で抑え、小声で言い聞かせた。

「よいな、静かにしておれよ」

ふたたびコツコツと通用戸を叩く音がした。

国三が有明行灯の灯りを店用の大行灯に移して、間をつくり、

「はい、どなた様にございますか」

と通用戸の表に向かって質した。

「北町奉行所定町廻り同心である。火急の用じゃ」

と表の声が応じた。

「は、はい、ただ今」

と国三が間を計りながら履物をはいて通用戸に近寄り、

「北町のどなた様と申されました」

「火急の用事じゃ、久慈屋が厄介に巻き込まれる話じゃぞ」

との返事を聞いた駿太郎が打ち合わせどおり通用戸の片側に立ち、反対側にいる国三が、

「ただいま開けますする。雪は未だ降っておりますか」

「さような話はどうでもよい」

と相手が苛立った。

相良大八の声ではないと駿太郎は思った。

(相良の一味が他にもいたのか)

と思いながら駿太郎が国三に合図をした。

国三が二重にかけられた錠前を外し、駿太郎の顔を見てから一気に引戸を開けた。

びゅっ
という雪交じりの風とともに、抜き身を手にした黒い影が飛び込んできた。

奉行所の同心が抜き身を構えて飛び込んでくるわけもない、駿太郎の一瞬の判断で手にしていた木刀が翻《ひるがえ》って相手の胴を叩き、その影はつんのめって土間に転がった。

「どうした、壱羽《いちわ》修之輔《しゅうのすけ》」

と叫んで仲間がそよりと通用戸の敷居を跨いだ。

次の瞬間、駿太郎と相手の視線があった。

「北町奉行所の同心どのとは思えませんね」

と抜き身で駿太郎に斬りつけた。だが、駿太郎の木刀が抜き身を持つ手首を叩くのが先だった。

「鳴呼ー」

と悲鳴を上げた相手が抜き身を落とした。

駿太郎の木刀が手首の骨を折っていた。

「相良大八どのと関わりがありますか」

と駿太郎が質した。

「図られたぞ」

手首を反対の手で押さえた相手が表に叫んだ。

「相良大八どの、お待ちしておりました」

との駿太郎の声に通用戸を塞ぐような巨漢が久慈屋に入り込んできた。

店の二階の部屋に寝ていた奉公人たちが騒ぎを察した様子があった。

「大番頭さん、難波橋の親分に知らせて下され」

と国三が叫んだ。

駿太郎は巨漢と五尺ほどの間合いで相対していた。

「おのれ」

開け放たれた通用戸から雪交じりの風が吹き込んできた。そして、最後に貧弱な体付きで上目遣いの相良大八がのそりと入ってきた。

駿太郎は木刀で巨漢の動きを牽制しながら、相良に向かって質した。

「久慈屋さんに用事ですか、それともこの赤目駿太郎になんぞ用事ですか」

相良は答えない。

「井東丞次郎どのと橘満作どのを番屋で殺められましたね、相良大八は江戸を離れたと考える役人方も町奉行所ではおられました。命をかけてまでなぜ江戸に残られました」

駿太郎の言葉に驚いたのは、巨漢の剣術家だった。

「の、野尻《のじり》どの、そなたが申すことと違うではないか」

と相良に視線を向けて駿太郎の知らぬ名で詰問した。

その瞬間、駿太郎の木刀がその喉に突きを見舞った。

うっ
とうめき声を漏らした巨漢が、手首を押さえた仲間の傍らを飛んで背中から土間に叩きつけられた。

相良がその機会を逃すはずもない。すでに鯉口を切っていた刀を抜くと、駿太郎の右首を狙って斬りつけてきた。迅速果敢な刀さばきだった。

だが、幾たびか修羅場を潜ってきた駿太郎は勝負の綾と駆け引きを五体で承知していた。

巨漢に突きを決めた木刀が手元に引き戻されて相良の刀の切っ先に絡《から》んだ。次の瞬間、駿太郎は木刀を捨てると、横手に飛び下がり、間合いを空けると孫六兼元を抜き放っていた。

二の手で駿太郎を斃《たお》そうとした相良は、木刀を放り捨てるという予期せぬ駿太郎の動きに一瞬躊躇《ためら》った。

「相良大八、その刀が井上真改ですか」

と駿太郎が質した。

「いかにも井上真改よ。小僧、孫六兼元をもらい受けた」

「さて、できますかね。遣い手の人柄と覚悟によっては名刀もただの駄刀に堕します。これは父上の教えです」

「ぬかせ」

小柄な体の腰を沈めた相良の井上真改が下段に構えられた。

駿太郎の孫六兼元は正眼に置かれた。

長い対峙になった。

駿太郎の木刀に手首を折られた相手が開かれたままの通用戸に這いずるように静かに向かい、雪の表に飛び出して逃げようとした。

その前に長十手が突き出されて南町定町廻り同心の近藤精兵衛が立ち塞《ふさ》がった。

その瞬間、それまで大人しくしていたクロスケが、

「ワーン」

と吠えた。

同時に相良がごろりと土間に転がるという思いもよらぬ行動に出た。

「ウアーン」

とクロスケが吠えながら相良の足首に嚙みついた。

それをものともせず相良の井上真改の刃が駿太郎の足を襲った。

次の瞬間、駿太郎が相手の刃をさけてその場で跳躍すると虚空で翻った兼元が相良大八の首筋に斬りつけていた。

勝負は一瞬で決着がついた。

四

雪は明け六つ（午前六時）に上がった。

なんと江戸府内では積雪がほぼ一尺になった。芝口橋の久慈屋の前でもあちらを向いてもこちらを見ても真っ白な雪だらけだ。

あと三日で新春を迎えるというのにかような大雪は知らないと久慈屋の最年長奉公人の観右衛門も繰り返し言った。

だが、相良大八ら四人組が久慈屋を襲い、駿太郎に斃された騒ぎで店では雪どころではなかった。

相良大八は、北町奉行所の名を出して店の通用戸を開けさせ、過日とは違った仲間三人を先に入らせた。ところが須崎村に戻ったと見せかけて待ち受けていた駿太郎の奇襲攻撃を受け、木刀で叩かれて敢えなく三人とも土間に転がった。

大雪のなか駿太郎と久慈屋の国三が須崎村に舟で戻ったことを疑っていた相良大八だが、結局駿太郎と抜き身で戦う羽目に陥った。

一瞬の勝負は駿太郎のわずかな余裕が勝ちを制した。

首筋を斬られた相良は、

「恐るべし、赤目駿太郎」

との言葉を残して死んだ。

その戦いの最後の瞬間を南町奉行所定町廻り同心の近藤精兵衛と難波橋の秀次親分が目撃していた。

駿太郎の木刀で叩かれたり、突かれたりした三人は、秀次親分の子分たちに南町奉行所出入りの医師のところに連れていかれ、治療を受けた。こちらは生き死ににかかわる怪我ではなかった。

だが、駿太郎が渾身の力で放った首筋の一撃で相良大八は致命傷を負った。孫六兼元で応戦せざるを得なかった駿太郎の斬り下ろしに手加減する余裕などなかった。

一方、相良の剣さばきも駿太郎が考えていた以上に鋭かった。相良の必殺の一撃に対して木刀を放り捨てることでなんとか凌いだ駿太郎の反撃が相手の攻めより寸毫《すんごう》勝ったのだ。いや、クロスケが相良の足を噛んでいたことが勝ちにつながったかもしれない。互いが力を出し合った咄嗟《とっさ》の技の末の、相良の死を駿太郎は受け止めた。

ふと望外川荘に残った小籐次は、かような事態を予測していたのではないかと駿太郎は思った。

近藤精兵衛は相良の死を確認すると、相良の手にした抜き身が本物の井上真改であるかどうかを確かめようとしていた。

「井上真改と孫六兼元と銘刀同士の勝負であったならばの話だが、かような真剣勝負はここ百年、二百年を通しても滅多にあるまい」

と呟いた。

駿太郎は無言でその言葉を聞いていたが、

「近藤様、血のりを拭ってもようございますか」

と許しを乞うた。

「駿太郎さん、それがしが見ていた勝負です。孫六兼元の手入れをしても差し障りはございませんぞ」

と許しを与えた。

駿太郎が十三歳、あと三日でようやく十四歳になることを、あの勝負を見た近藤は忘れていた。

駿太郎は背丈がすでに六尺を超え、日ごろの稽古の賜物で五体にしっかりと筋肉がつき、体付きはすでに成人の剣術家であった。

むろん近藤は、駿太郎が幾たびか修羅場を潜ってきたことを承知していた。とはいえ、桃井道場の年少組の一員であり、この歳で尋常勝負の末に相手を斃したことを気にかけていないはずはないと察した。

駿太郎は久慈屋の一角で桶に張った新しい水でまず血のりを落とし、刃に傷があるかなしかを行灯の灯りで確かめた。毎日行っている研ぎにも似たそんな作業が駿太郎の気持ちを鎮めた。

その傍らにクロスケが静かに従っていた。クロスケも生死を分かつ勝負の意を生き物の本能で承知していた。

駿太郎は兼元を何度も水洗いして乾かした手拭いで水気を拭った。研ぎをなすかどうかは父に相談して決めようと思った。

その傍らで近藤は相良の刀の目釘を抜き、茎《なかご》の表には、

「井上真改」

とさらりと銘字のみが記されていて、裏には菊紋が刻まれているのをしげしげと凝視した。ということは、井上真改は禁裏と関わりがある刀鍛冶であったのか。

同じ土間で行われていた相良大八の検視も終わったとみえ、亡骸《なきがら》が雪の通りに

運び出されていった。

駿太郎は立ち上がると相良大八を合掌して見送った。

久慈屋に残っていた近藤精兵衛の手には柄を外した井上真改があった。

「駿太郎さん、それがし、刀に詳しくはないが、大坂の刀鍛冶和泉守井上国貞の子で父に鍛えられ、師匠でもある父の死後、真改と改名した刀鍛冶の作刀にまず間違いなかろうと思う。沸《にえ》の深い湾《のた》れ刃《ば》から察して『大坂正宗』と呼ばれる逸剣ではなかろうか。もし本物なれば延宝年間（一六七三〜八一）、今から百五十余年前の作刀かのう」

と言った。

近藤は昨日来の経緯から井上真改について調べたような口調だった。

駿太郎は頷いた。

「ああ、そうだ。相良大八はどうやら偽名、懐に所持していた手形からおそらく摂津国尼崎藩松平家の元武具方、下士野尻誠三郎《のじりせいざぶろう》と思われる。代官所から人相書が回ってきた出羽国米沢城下の町道場師範の相良大八は、『道場主を殺して逃げた』という。こやつ、相良大八は出羽国米沢城下の町道場の師範なのか、摂津尼崎藩松平家の武具方野尻誠三郎なのか、あるいは両人は同一人物なのか。厄介な話になったな」

「近藤様、出羽と摂津は遠くの国ですね。大坂と尼崎は離れておりますか」

「いや、同じ摂津国だな。そうか、武具方の野尻だったとすると、野尻は『大坂正宗』こと井上真改を藩から盗み出して逃げたなどとも考えられるな。ゆえに相良大八なんぞという偽名に替えたのであろうか」

　と近藤は自問しながらあれこれと推量した。そして、

「尼崎藩の江戸藩邸は鉄砲洲にあったな。あちらに一度問い合わせてみるか」

と呟くと、茎を柄に戻して久慈屋の上がり框に置いた。


　いつの間にか陽射しが降り積もった雪を照らして、きらきらと輝かせていた。

駿太郎が何げなく表を見ていると父が久慈屋の船着場から上がってきた。

まだ五つ（午前八時）ごろと思しき刻限だった。

「父上、どうなされました」

蛙丸は白魚橋の橋下に置いたままだった。

「うむ、荷運び頭の喜多造どのが須崎村に見えてな、こちらの騒ぎを知らせてくれたのじゃ」

駿太郎は帳場格子に座す観右衛門を見た。

「駿太郎さん、私が勝手ながら赤目様をお呼びしました。もはやただ今の駿太郎さんならば父御の赤目様のお力を借りることはありますまいがな」

「いえ、お心遣い有難うございます」

と言ったところに小籐次が藁沓《わらぐつ》を履いて久慈屋の半分開けた表戸から入ってきた。

「まさかかようなことになるとは思いませんでした。駿太郎さんの手を煩わせてしまいました」

と近藤精兵衛が詫びた。

「いや、わしもかの者がなにを考えておるか分からなかったで、望外川荘に残ったのだ。国三さんと駿太郎の騙しに引っかかりおったか。あやつ、久慈屋どのの金子を狙ったのかのう」

と小籐次が言った。

「父上、私どもが相良と知るお方、本名は野尻誠三郎と申されるようです」

と近藤から聞いた話を駿太郎がざっと告げた。

「あの者の一剣、どうやら本物の井上真改と思われます」

と近藤が駿太郎の言葉を補い、言った。

「なんとあやつ、本物の井上真改を携えておったか」

「赤目様の見立てを願えましょうか」

近藤同心がふたたび目釘を抜いて、茎を見せた。

「ほう、菊紋の刻まれた刀か」

と鞘から抜いた小籐次が表の雪明りに翳《かざ》すように見分した。

「刃長は二尺三寸余かのう。すっきりとした刃じゃのう。武具方の下士が携える刀ではないわ」

「赤目様、本物と見てようございますな」

「まず間違いなかろう。刃に高貴なものを感じるな」

「で、ございますよね」

と応じた近藤がなにを思い付いたか、

「赤目様、いささかお願いがございます」

と言い出した。

「なんだな」

「鉄砲洲に尼崎藩松平家の江戸藩邸がございます。尼崎藩に野尻誠三郎なる者がまことにいたのか、いたならばその行方を存じておるのか問い合わせたいと思うのですが、町奉行所の同心がいきなり訪《おとな》いを告げても会ってはくれません。ですが、天下の赤目小籐次様に同道して頂ければ、いくら譜代大名と申されても無下にお断わりはなさりますまい」

「うむ。わしは久慈屋さんの店先で商いをなす研ぎ屋爺じゃぞ。却って差し障りが生じぬか」

「赤目様、公方様に拝謁した酔いどれ小籐次様を門前払いする大名家がありましたら、お目にかかりたいもので」

と観右衛門が口を挟んだ。

「父上、近藤様とおふたり、鉄砲洲までお送りしましょうか」

と駿太郎が言い出した。

「蛙丸は白魚橋の橋下ですよ」

と国三が口を挟み、

「国三や、そなたと駿太郎さんは朝湯に行ってな、さっぱりして朝餉を食してしばらく休みなされ。今日一日、騒ぎが続きましょうからな」

と観右衛門がふたりに命じ、

「蛙丸は雪の様子を見てうちの者に引き取りにいかせます」

と言った。

摂津尼崎藩松平家の江戸藩邸と芝口橋は、堀伝いに行けば指呼の間だ。だが、この雪道では歩くのに難儀する。そこで小籐次が櫓を漕ぎ久慈屋の舟で行くことにした。鉄砲洲と称しても尼崎藩江戸藩邸は内海に面しているわけではない。いつも馴染みの三十間堀より東側、江戸の内海に寄った場所に松平家の江戸藩邸はあった。

正月を目前にした師走の朝のことだ。

大名家の江戸藩邸はどこも森閑としていた。むろんこの大雪のせいだ。

高塀の内側から時折、どさりどさりと音がするのは屋根に積もった雪が軒先から落ちる音か。

近藤同心が脇門の前で訪いを告げると、

「何者か」

と門番の厳めしい声がした。

「それがし、南町奉行所の定町廻り同心にござる」

と告げると、

「かような刻限に火急の用件か」

「はあ、ご当家にいささか関わりがござる用件にて罷りこしました」

「何用か、申せ」

「それは然るべきお方にお会いして申し上げたい」

「然るべきお方とはだれか」

「江戸家老どの、あるいは留守居役どのにお目にかかりたい」

「ば、ばかを抜かせ。年の瀬に突然参り、約定もなくご家老や留守居役など重臣に会えると思うてか。松明けに出直しなされ」

にべもない返答が戻ってきた。

「さようでござるか。それがしには同道の者がおりますが、それでもさような返答でござろうか」

「同道の者じゃと、何者か」

「研ぎ屋の爺でござってな」

小籐次の返事に、

「な、なに、当家は研ぎ屋などに用はない」

と脇門の向こうから怒鳴り返された。

「門番どの、研ぎ屋というても、姓名の儀は赤目小籐次様、またの名を酔いどれ小籐次と申されますが」

との近藤同心の付け加えた言葉に相手が、うむ、と唸って沈黙し、

「酔いどれ小籐次とはあの、かの酔いどれ小籐次か」

「あのもかのも公方様に拝謁された酔いどれ小籐次は天下にひとりしかおりませんぞ」

との近藤の言葉に、

「ま、待て」

と相手の気配が消えた。

ふたりは四半刻ほどさらに寒さのなか待たされた。

「近藤どの、無理のようじゃ、出直そうか」

と小籐次が近藤に言ったとき、脇門の向こうに人の気配がして、

「間違いなく赤目小籐次氏にござるか」

と最前の門番とは違う声が問うた。

「間違いござらぬ。どうやらご当家ではわれらの訪問を勘違いされておられるよ

うです。松の内明けに出直して参ります」

との近藤精兵衛の返事に、

「ま、待たれよ。ただ今脇門を開ける」

と門が開かれ、ようやく敷地に入れられた。ふたりの家臣は久慈屋で研ぎをなす小籐次の容姿を承知のようで、互いに頷き合い、

「こちらへ」

と屋敷の中に通された。

さらに奥に連れていかれる小籐次は普段着に袖なしの綿入れを着て、脇差を腰に差しただけの形である。一方、近藤同心は町奉行所同心の巻羽織の着流し姿で脇差を腰に、十手を前帯に差していた。さらに手には自分の大刀と、久慈屋で借りた真新しい風呂敷に包んだ井上真改を念のために持参していた。

通されたのは大名家の重臣の御用部屋と思しき座敷で火鉢が三つほど置かれて炭火がかんかんと熾《おこ》っていた。

重臣二名が待ち受けていて、松平家の江戸家老吉塚秀為《よしづかひでなり》と御用人佐久間《さくま》昭善《しょうぜん》と名乗った。

「大変お待たせ申したようで申し訳ない、赤目どの」

と佐久間用人が小籐次に詫びた。

「ご両者、それがしは近藤同心の付き添いでござる、師走の多忙な最中に約定もなく訪れたこちらの非礼は重々承知しておる」

と応じた小籐次が近藤同心に目顔で訪問の事情を説明せよと命じた。

「はっ、ご当家の武具方に野尻誠三郎なる者がおられましたかな」

と近藤同心が早速用件に入った。

「なに、武具方じゃと。譜代大名松平家にはそれなりの家臣がおってな、われら重臣、家臣の名を一々覚えておらぬ。なんの曰くがありて、さような問いをされるや」

と佐久間用人が近藤同心の顔をちらりと見て吐き捨てた。

「はっ、その者、とある騒ぎにかかわっており、尼崎藩の道中手形を所持しておりました」

近藤同心が相良大八なる剣術家が所持していた古びた道中手形を示すと、その者の体付きや容貌を告げた。

道中手形を見た佐久間用人が、

「うむ」

という表情で江戸家老を見ると、

「用人、武具奉行を呼べ」

と吉塚が命じた。

譜代大名尼崎藩松平家、江戸藩邸武具奉行伊丹五郎左《いたみごろうざ》がこの場に呼ばれた。重臣からの突然の呼出しに当惑の顔付きだ。

「そのほう、当家武具方に野尻誠三郎なる者がおったかどうか承知か」

野尻の名を聞いた伊丹は不安の表情をみせた。そして己が知る事実を重臣二人の前で告げるべきかどうか迷っていた。

「近藤どの、経緯をざっと告げられよ、そのほうがご納得いただけよう」

小籐次の命に近藤が、尼崎藩家臣の野尻誠三郎の道中手形を持ちながら、相良大八と名乗り井上真改を携えた不逞な剣術家の行動を一座の者に逐一告げた。

さすがに話しなれた近藤だ。およその経緯を告げると、佐久間用人が持つ道中手形を見た武具奉行の伊丹が激しい恐怖とも緊張ともつかぬ真っ青な顔に変わった。

「赤目どの、当家の道中手形を持った野尻誠三郎は、井上真改を所持していたと申されるか。その刀、町奉行同心が携えておるのかな」

江戸家老吉塚が小籐次に質した。町奉行所同心などこの場におらぬように小籐次に向かって吉塚は話しかけてきた。

小籐次が頷き、近藤同心が念のために持参していた井上真改を、風呂敷を開いて江戸家老の前に差し出した。

武具奉行伊丹五郎左はどうしてよいか分からぬ体でふたりの重臣を窺い見た。佐久間用人が、

「その方、野尻誠三郎なる武具方に覚えがあるのかないのか」

はっ、とした体の武具奉行伊丹が、

「その者、もはや当家とは関わりない者にございます」

「さようなことは分かっておる」

井上真改を手にした江戸家老に、

「近藤同心もそれがしも目釘を外して茎の銘を確かめ申した。とはいえ、ふたりして刀にさほど詳しくはござらぬ。ゆえに本物の井上真改かどうか確証はない」

小籐次の言葉に武具奉行の伊丹が、

「ご家老、拝見仕る」

と覚悟をした表情で黒蠟塗《くろろうぬり》の刀の鞘を払い、障子ごしの光に刃を翳して見て、

目釘を外し、茎の表と裏をじっくりと確かめた。そして、こくりと重臣に頷いた。

「まごうことなき井上真改と見立てました」

武具奉行は観念したように江戸家老に答えた。

「相分かった、下がれ」

と命じた江戸家老が、

「野尻なる者がこの井上真改を所持していたのでござるな」

と念押しし、

「その者、かつてご当家に仕えていた武具方の野尻誠三郎と考えてようござろうか」

近藤同心が古びた道中手形と真改を見て反問した。

「ご家老、摂津尼崎で出した道中手形に間違いなかろうと思います」

との用人の返答に江戸家老の吉塚がしばし瞑目し、

「何年も前の話ゆえ判然とはせぬ。じゃが、尼崎城内の武具蔵から一口の銘刀が紛失したことを聞いた覚えがござる。ただしそなたらが持参した井上真改がそうとは言い切れぬ。ところで、この刀を携えていた野尻誠三郎は赤目小籐次どのが成敗なされたか」

野尻誠三郎の口を封じたかと質していた。生きて町奉行所に捉われていれば、話次第で尼崎藩にとって厄介極まりないことになる。

「それがしではござらぬ」

するとと吉塚の視線が近藤同心に向けられた。

「それがしでもござらぬ」

と近藤が小籐次を見た。

「真実を述べるしかあるまい」

と小籐次が近藤同心を促した。

「三人の不逞の輩を従えた野尻誠三郎を成敗したのは赤目小籐次様の子息駿太郎どのでござる。その場をそれがし見届けましたが、野尻と駿太郎どのの対決の曰くは別にして尋常勝負でござった」

との近藤の返答に、

「相分かり申した」

と吉塚が応じたあと、しばし沈思し、小籐次に質した。

「赤目どの、その井上真改、どうなさる心算か」

が、答えたのは近藤同心だ。

「それがしがいったん預かり、奉行にこの旨、報告致す所存にござる。この真改がご尊家所蔵の一刀と明らかに知れる証の書付なり、尼崎での紛失の届け書きなりがござれば、われらにご提示くだされ。その証さえあれば、南町奉行筒井《つつい》政憲《まさのり》より尼崎藩松平家に返却あるものと思われます。それがしが赤目様にご足労願ったのは野尻誠三郎の出自とこの刀とご当家とのつながりを知るためにござった。ゆえに奉行筒井はこのことを未だ承知しておりませぬ」

との近藤精兵衛の推量を交えた返答に、

「造作をかけ申した。摂津尼崎城内の武具蔵から消えた刀の銘、それに紛失した経緯など調べて必ずや届出を致す」

と応じた吉塚が、

「この一件、内々に始末できると助かるのじゃがな、赤目どの」

「その心算ゆえ年の瀬にも拘わらず研ぎ屋爺と近藤氏がこちらに邪魔を致したのでござる。その他になんの意もござらぬ。近藤氏がこの場で返答したことがすべて、松平家に差し障りが起こることはない」

と言い切った言葉にふたりの重臣から安堵の息が漏れた。

第三章　蛙丸の雪見

一

　赤目小籐次と近藤精兵衛が久慈屋に舟で戻ってきたとき、船着場に研ぎ舟蛙丸が舫《もや》われていた。そして奉公人たちがすでに店前の雪かきを終えて、いつもより遅めの朝餉を食していた。

　帳場格子にいた大番頭の観右衛門は近藤が持ち帰った刀の包みに眼を止めて、

「話は通りましたかな」

　とどちらにともなく話しかけた。

「尼崎藩松平家は所蔵していた刀一口を紛失しておられる。それが井上真改とは江戸藩邸で今の段階ではしかとは答えられぬそうで、国許の尼崎に問い合わせるそうだ」

と近藤が答えた。

その返答にしばし沈思していた観右衛門が、

「どうです。近藤様、赤目様といっしょに遅い朝餉をうちで食して参られませぬか。うちでの騒ぎは難波橋の親分が南町奉行所にすでに伝えてございましょう」

と近藤に告げた。

しばし迷った近藤に小籐次が、

「あちらでは茶一杯供されなかったな」

と思わず呟いていた。

「年の瀬の押し詰まった上に事が事でございますよ。あちらもさような接待をする暇はなかったのでしょう」

と観右衛門が松平家の事情を察して応じたところに、朝餉を終えた奉公人たちが店に出てきた。それを見た近藤が、

「茶を喫して参ろうか」

と小籐次といっしょに三和土《たたき》廊下を経て、いつも以上に火が入った台所の板の間に行き、観右衛門の定席の火鉢の傍らに上がった。

「観右衛門どの、駿太郎と国三さんはどうしておるのかな」

「ふたりは朝湯に行かせて早めに朝餉を食させ、店の二階座敷で休ませております。こたびの騒ぎの立て役者ですからな」

とかような騒ぎに慣れた観右衛門が言った。

「心遣い相すまぬことでした」

小籐次が礼を述べた。

お鈴がまず三人の茶を運んできた。

「あり難い」

と小籐次がお鈴に礼をいい、近藤とともに茶碗を手にして淹れたての茶を喫し、

「落ち着いたわ」

「大名屋敷ではこうは参りませんな」

とふたりして言い合った。

続いて膳が三人分運ばれてきた。

「うむ、それがし、茶を頂戴して奉行所に戻るつもりであったが」

と近藤が戸惑いの表情を見せた。

「新年を前にした年の瀬に町奉行が登城されるかどうかは存じませぬ。されどな

にかあってもいけませぬで、子細を告げておこうと思うております。それがしはこれにて失礼します」

「近藤どの、ふだんの登城は四ツ（午前十時）でしたな。まだ少し暇がありましょう」

と小籐次がいい、

「舟で数寄屋橋まで送らせますで、四半刻ほどは余裕がございます」

と観右衛門も引き留め、結局三人で朝餉を摂ることになった。

近藤が早々に供された朝餉の膳に手をつけ、小籐次が観右衛門に尼崎藩江戸藩邸での江戸家老と御用人との対面の模様を語った。

「やはり赤目様が同道なされてようございましたな」

「町奉行所の同心風情では拝領地のなかにも入れてもらえませんでしたな。赤目小籐次様の名の御威光は絶大です」

と近藤が慌ただしく朝餉を食し終えていった。そして、

「この一件、それがしの口から上役に告げておきとうござる。年の瀬ゆえ、まさか城中で尼崎藩藩主松平様と奉行が会うようなことはありますまい。ですが、万が一、そのようなことがあれば、奉行が『それがしは承知しておりません』では

すみませんでな」

と繰り返した。井上真改を手に近藤が早々に席を立ち、

「雪道を歩かれるよりうちの舟を使ってください」

と観右衛門が近藤の舟の手配に立った。

ひとり台所に残った小籐次にお鈴が、

「赤目様、お茶よりお酒がようございましたか」

と質した。

「いや、師走に包丁を研いでおきたいという客があるやもしれぬでな。研ぎ場に座ろう」

と応じたところに観右衛門が戻ってきた。

「そうじゃ、つい聞き忘れておったが、本末明近藤どのは難波橋の親分の家に控えておられたか」

「はい、先日来の騒ぎを気にかけておられましてな、うちに近い難波橋の親分の家に泊まっておられたのでございますよ。そこでうちからの連絡《つなぎ》に直ちに駆け付けてこられて、駿太郎さんと相良大八、いや、野尻誠三郎でしたかな、あの者との勝負に立ち会われましたので。まさか野尻も駿太郎さんが十三歳とは思うてお

ります まい」

「大番頭どの、駿太郎がわしの倅になったときから、かようなことに直面するさだめでござった。いささか過酷とは思うが、それがし、赤目小籐次の生死に関わる宿命を駿太郎が受け継ぐことになりそうな」

と小籐次も内心では悔いを感じながら応じた。

「公方様も赤目様父子の生き方はおよそご承知です、もはや変えようはございませんでな」

と答えた。


小籐次は研ぎ場に座して足袋《たび》問屋京屋喜平方の道具の手入れを始めた。

どれほどの刻限が過ぎたか、雪道を高下駄でそろりそろりと歩きながら空蔵が小籐次の前に立った。手には読売の束を持っていた。

「おお、今朝は酔いどれ様も仕事に来やがったか」

「師走はな、研ぎ屋のかき入れ時じゃ」

「ふうん、昨日は駿太郎さんひとりに仕事をさせて、おめえさんは望外川荘にのうのうとしていたではないか」

「ときに倅に仕事を任せて年寄りが休みをとっては悪いかな、空蔵さんや。ところでなんぞ用事か」

「おお、そうだ。南町の知り合いの同心がさ、芝口橋界隈で新たな騒ぎがあったのを承知か、と囁《ささや》きおったがなんぞ知らないか」

「ほう、さようなことがあったか」

「これだけの雪だもんな、雪を下ろそうと屋根に上って雪と一緒に転がり落ちて怪我をした類《たぐい》かな」

「さような出来事がござるか」

「おお、おれが知るだけでも四つ五つあるな。手足の骨折が一件ずつ、残りは打ち身だな。まあ、読売ネタとしては小ネタだな」

　と空蔵がいい、

「足先が冷たいや。大番頭さん、足を温めさせてくんな」

　と土間に置かれた大火鉢に寄って高下駄と足袋を脱いで、濡れた足袋を火鉢に載せた。

「この大雪じゃ、紙問屋は仕事にならないよな」

　と空蔵が裸足の足を火鉢の火で温めた手で揉みながら言った。

「なりませんな。その点、人の不運がめしのタネになる読売屋はよい商いですな」

と観右衛門が言ったところに店の二階座敷に仮眠していた国三と駿太郎が下りてきた。

「眠られましたな」

と観右衛門が駿太郎に尋ねた。

「朝湯で体を温めたおかげでぐっすりと眠ることができました」

「それはよかった」

と返事をした観右衛門に、

「なんだ、ふたりは徹宵《てっしょう》して仕事か」

と空蔵が聞いた。

観右衛門が、まずいという顔をした。そして、駿太郎も、

「父上、私も仕事を致します」

とそそくさと土間に下りて研ぎ場に座した。

「おかしいな」

と空蔵が一同を見廻した。

そこへ難波橋の秀次親分の子分銀太郎が、

「赤目様も本日はご出馬か。駿太郎さんが木刀で叩きのめした三人だがよ、二葉町の医者に治療を受けさせて最前大番屋に送り込んだぜ」

と叫んでから火鉢の傍にいる読売屋の空蔵に気付いて、慌てて口を手で抑えた。

「おい、銀太郎さんよ、なんだえ、二葉町の医者だの、大番屋ってのは」

その場の者たちは銀太郎の言葉も空蔵の問いも聞こえなかったふりをした。

「また来ますぜ」

と銀太郎が久慈屋から戻っていく気配を見せた。

高下駄を慌てて突っかけた空蔵が、

「駿太郎さんさ、木刀で叩きのめした野郎って何者だえ」

と駿太郎の傍らに腰を落としてひざ詰め談判した。

駿太郎はせっせと包丁を研ぐ動きを止めなかった。

「酔いどれの旦那よ、おめえさんも関わった騒ぎか。最前、騒ぎなんてしらないととぼけたよな」

銀太郎は途中で足を止めて空蔵の言動を見ていた。

「致し方ないな、空蔵さんにちと相談がある、そなたも知っておることとの続きだ」

と言った小籐次が研ぎ場から立ちあがり、昌右衛門を見た。昌右衛門は、仕方ないといった表情で頷いた。

「大番頭さん、店座敷を借り受けてよいかのう。そなたと国三さんに同席してもらおうか」

と小籐次が駿太郎には仕事を続けるように無言で命じた。

店座敷に四人が顔を合わせた。

生乾きの足袋を手にした空蔵の顔が上気していた。

「空蔵さんや、本日未明の騒ぎにわしは全く関わりない、望外川荘に残っておったでな。この騒ぎに関わったのは駿太郎と番頭の国三さんだ。ゆえに国三さんから出来事を話してもらおう」

と言った小籐次が国三に、

「本未明の騒ぎを空蔵さんに話してくれぬか」

と促した。

「空蔵さんもとくと承知の、相良大八が関わる騒ぎの続きです」

と国三が、北町奉行所の同心を名乗り、通用戸から押し入ってきた四人と駿太郎の対決を手短に告げた。

「なんだよ、騒ぎはやっぱり久慈屋で起こったんじゃないか。ということは相良大八は本当に井上真改を持ってやがったんだな」

と問い返した空蔵が、

「待て、待った。駿太郎さんは須崎村にいったん帰る真似をして久慈屋に泊まったんだな、つまり大雪だからじゃないな。相良某が押し込むと見て久慈屋に泊まったな。ならば、おれも泊まるんだった」

と自問自答して最後には後悔の言葉を吐いた。

「わしが望外川荘に残ったのも女ふたりだけにしたくなかったからだ」

小籐次の言葉に空蔵がしばし沈思した。

「近藤の旦那が、あやつ、相良大八が米沢城下の町道場の師範をなぜ務めていたか、尼崎藩松平家が井上真改を真に所持していたかどうか、刀の紛失に相良大八こと元武具方の野尻誠三郎がどう関わっているか確かめてるんだな。大名家と銘刀が絡んでおるで、調べは日にちがかかるな。こりゃ、年越しになる話だな」

「いかにもさよう。だが」

と言いかけて小籐次が言葉を止めた。

銘刀狂いの相良大八が野尻誠三郎と同一人物ならば、事を複雑に考えることはないのではないか。尼崎藩と米沢城下で厄介を引き起こしたのは、ひとりの刀狂いということになる。それにもはや相良大八は駿太郎との勝負で身罷《みまか》っていた。となれば、

（どう解決したものか）

と余計なことをちらり考えた。

「どうしたえ、酔いどれ様よ」

「駿太郎が木刀で殴りつけた三人がどの程度、相良大八こと野尻誠三郎を承知していたかだな。こやつらがなんぞ承知ならば年の内にも新たなことが知れるかもしれん」

と小籐次は胸中で思い付いたこととは別の考えを述べていた。

「それだな、新たなことが分かると師走内に読売ネタになるんだがな。なにしろこの大雪だ、動こうにもふだんの何倍もかかりやがる」

と空蔵がぼやき、

「酔いどれ様よ、野尻誠三郎を斃した駿太郎さんのよ、話を聞いちゃいけないかね。駿太郎さんは並みの十三、四じゃねえや。おめえさんといっしょに修羅場を

これまでも潜ってきたな。野尻との戦いの話だけでも、時が経たないうちに聞いておきたいのだがな。むろん、この一件を師走内に書く折は、おまえさんに相談するがよ」

と質した。

こんどは小籐次が沈黙し、

「駿太郎が野尻と戦ったことは事実だ。質すのはよいが駿太郎が話したくないようなら、無理強いするでないぞ」

「承知した」

と答えた空蔵が独り研ぎ仕事をしている駿太郎のもとへ行こうとして立ち上がりかけ、また腰を下ろした。国三を見て、

「番頭さん、おまえさんだけが駿太郎さんと野尻の戦いを最初から最後まで間近に見たんだよな。すまねえがおまえさんの話をここで聞かせてくれないか」

と願った。

「空蔵さん、経緯は最初に話しましたよ、それ以上のことは」

「ないと言いなさるか」

「はい」

と国三が答えると、

「たしかに経緯は掻《か》い摘《つま》んで話してくれたな。だが、あの話は、騒ぎの流れだけだよな。おまえさんは騒ぎが起こることを見越して駿太郎さんと店の板の間に寝床までつくって休んでいたんだよな。通用戸が叩かれたとき、駿太郎さんがどう動いたか、おまえさんが見たり感じたりした駿太郎さんの言動を教えてくれないか」

と老練な読売屋が国三に迫った。

「駿太郎さんの胸の内を話せと申されますか。それはご当人にお尋ねになるのがいちばん宜しゅうございましょう」

「当人には親父様の許しを得たであとで聞くと最前話がついたよな。国三さん、おまえさんは駿太郎さんが新兵衛長屋で物心ついた折から承知だな、久慈屋のなかで一番親しく付き合ってきた奉公人はおまえさんだ。倍も年上の兄貴分のおまえさんが内心駿太郎さんをどう考えているか聞きたいのさ」

と空蔵が執拗《しつよう》に質した。

国三は直ぐには答えず、空蔵の問いの意を慎重に考えている、と観右衛門にも小籐次にも思えた。

「私が駿太郎さんの兄貴分かどうか、歳だけならばそうともいえましょう。ですが、その他のことは私より駿太郎さんのほうがはるかにわきまえておられます。養父養母とは申せ、父親は赤目小籐次様、母親はおりょう様です。こんなふたりの親に育てられると、私どもが知るあの駿太郎さんが育つのか、といつも私は感心してみております」

「だろうな。おれもさ、駿太郎さんがまだ十三で、三日後には十四歳だというのを忘れちまう。国三さん、話が広がり過ぎた。こたびの話に限ろうか。なぜ駿太郎さんは野尻誠三郎の動きが気にかかったのかね、おまえさん方は店の板の間に布団を敷いて寝たんだ。なんぞ駿太郎さんから話がなかったか」

「寝床に入ってさような話はございませんでした」

「ならば別の折になにかあったか」

空蔵の問いに国三が首を横に振った。

「大雪のなか須崎村に帰る風を見せたおまえさんと駿太郎さんは、久慈屋にそっと戻ってきたんだな。つまりよ、野尻誠三郎が久慈屋に姿を見せることを、どちらがいつ察したんだ」

「そのことを察していたのは駿太郎さんです。その駿太郎さんが気にかけたのは、相良大八という偽名の主、野尻誠三郎の隠された剣術の腕ではありませんか。むろん番屋でふたりを無情にも刺殺した剣術家が久慈屋に押し入ることを駿太郎さんが見過ごすはずもありませんよね、私の半分の歳というのを忘れるくらい大人の駿太郎さんだ。なにか考えがあっての行動だと思えたんです」

「国三さん、気持ちは分かるぜ。江戸には二本差しの武士がつくだ煮にするほどいるよな。だが、歳からいえば未だ年少の赤目駿太郎と同じ技量と思慮をもった武家がこの江戸に何人いると思うよ」

「空蔵さんや、血はつながってはいなくとも赤目小籐次様の子息としての暮らしが、若い剣術家赤目駿太郎さんをつくりあげたとは思いませんか。そんなことしか私には思い付きません」

と国三と空蔵の問答に観右衛門が加わってきた。

「ということか。よし、おれは駿太郎さんと話したあと、南町の近藤精兵衛様を訪ねようか」

と空蔵がようやく国三を解放した。

「空蔵さん、駿太郎をこちらに来させよう。われら三人は店へと戻るでな、ふたりだけで話してみよ」

「ありがてえ。こんな機会は滅多にないからな」

と空蔵が残り、小籐次と観右衛門と国三が店に戻った。

二

望外川荘の飼い犬クロスケは、小籐次が足袋問屋京屋喜平の道具の手入れをしている研ぎ場のかたわらで、今日も芝口橋を往来する人々や久慈屋の奉公人たちの働きぶりや、この界隈のお店の奉公人が雪を御堀に投げ落とす光景を見ていた。須崎村育ちのクロスケは江戸の町屋の真ん中のお店で一晩を過ごすなど初めての経験だった。

「どうだ、クロスケ、芝口橋の久慈屋で泊めてもろうたが、よう眠れたか」

と研ぎをしながら小籐次が聞いた。

むろんクロスケが返答をする気配は全くない。なんとなく町中の暮らしに戸惑いもあるように小籐次には感じられた。だが、いまは飼い主親子がかたわらにいるおかげで安心もしているようだ。

「本日は、雪が止んだで須崎村に戻るぞ」

店座敷での空蔵と駿太郎の話はおよそ半刻（一時間）ほど続いた。

店先に姿を見せたふたりは、なにを話し合ったかだれにもなにも言わなかった。

空蔵は久慈屋の主や小籐次に会釈すると、雪の残る道に出ていった。

駿太郎は研ぎ場に座り、研ぎ残した刃物の手入れを再開した。クロスケを真ん中にして父子でせっせと仕事をし、研ぎが一段落した七つ（午後四時）時分に、

「駿太郎、本日は仕事仕舞と致そうか」

と小籐次が言った。

そのとき、近藤精兵衛が久慈屋にふたたび姿を見せ、

「まだこちらにおられましたか」

と小籐次に声をかけた。

難波橋の秀次の子分に小籐次が久慈屋にいることを聞いたのだろうか。

「本日はこの大雪じゃ、早上がりしようと考えておったところだ。なんぞ分かったかな」

「父上、研ぎ場は私が片付けます。近藤様と話すならば帳場格子の前の框でなされたらいかがですか」

「店先で話すことではないわな」

と小籐次が応じて研ぎ場から立ち上がった。

クロスケは駿太郎の動きを見て研ぎ場に残った。

近藤と小籐次が帳場格子の前の框に座すと、

「お鈴、茶を願いますぞ」

と観右衛門がすかさず奥に叫び、はい、と返事が返ってきた。

「駿太郎さんに木刀で叩かれた三人は相良大八こと野尻誠三郎について、ほとんどなにも知りませんでした。

金杉橋の土手跡町の安宿で知り合った野尻誠三郎が突然、昨夕雪のふるなか訪ねてきて、『金になる仕事をしないか』と誘ったそうです、会うのは半月ぶりだったそうな。

むろん三人は路銀にも宿代にも事欠いておりましたゆえ、二つ返事で引き受けた。

久慈屋が紙問屋だとも天下無双の赤目小籐次様と倅の駿太郎さんが研ぎ仕事をなす大店とも知らずにつれてこられた。そこで野尻が命じて北町奉行所の同心と称して通用戸を叩かせたそうな。三人はあっさりと戸が開いたのでびっくりしたというておりました。ところが首謀者の野尻はいっしょに店に入ってこないから、どうしたものかと迷っておるうちに駿太郎さんの木刀に打ちのめされた。なんとも不覚であったと悔いておりました。

まあ、あやつら、自分たちの身を守るのが精いっぱいで野尻と駿太郎さんの壮絶な勝負をしかと見ておりません。駿太郎さんが数日後には十四歳となる若武者と聞かされて愕然としておりました」

「近藤どの、三人は野尻誠三郎と深い関りはなかったのですな」

小籐次が話の展開を急がせるように念押しした。

「ないようです。唯一、あの者は出羽国の出ではない、上方の譜代大名の武具方の下士野尻誠三郎だということは承知しておりました」

「野尻の差し料が井上真改と知っておりましたかな」

「承知しておりました。野尻が申すにはあの銘刀は旅をしたくて摂津を離れ、加賀から越後、さらには出羽国に放浪した折に、博奕のカタに得たもので、もとは米沢藩の分家が所蔵していたものであると。

野尻は異様に名のある刀に執着する気持ちを、あの者たちに幾たびも話していたようです。

駿太郎さんの所持する刀が孫六兼元と知って、『久慈屋に押し入ったのは金子より孫六兼元が狙いだ』、とあの三人のひとりが言うておりました」

「近藤どの、駿太郎は須崎村に戻るふりをして国三さんと蛙丸で芝口橋の船着場を出ておりますな。野尻はどうして孫六兼元を携えた駿太郎が久慈屋にいると察していたのであろうか」

「野尻と三人は芝口橋で九つ（午前零時）に会ったそうです。その折、野尻は、駿太郎さんはこの店に必ずおり、孫六兼元はあると申したそうな。野尻は、駿太郎さんと国三さんの動きを見張っていたのではございませんか。騙し合いは少なくとも野尻が勝っておった。野尻は駿太郎さんがいることを知っていたのです。三人を先に久慈屋に入らせおとりにして、駿太郎さんから兼元を奪う心算であったようです」

「なんとのう。それほど孫六兼元に拘っておったか」

「三人の話ではそうなります」

「ただ今南町奉行所にある井上真改は野尻が尼崎藩から盗みだしたものとみてようござるかのう、近藤どの」

小籐次が近藤に質した。

「ただ今のところそうみてようございましょう。『大坂正宗』と称される銘刀があちらにもこちらにもあるのはおかしゅうございます。野尻め、摂津尼崎藩松平家の武具蔵から持ち出した井上真改の出自を糊塗《こと》するために、出羽国の米沢藩分家の所蔵品などとあの三人にも思い込ませていたのではありますまいか」

と推論した近藤同心が、

「あとは松平家が井上真改を所蔵していた証の書付が江戸藩邸に送られてくればこの一件は落着ですな」

と言い添えた。

近藤の話を聞いていた小籐次も帳場格子のふたりもしばし沈黙した。そして、

「私どもは商人ゆえ、刀には詳しくございません。井上真改と孫六兼元、どちらが値打ちのある一剣でございますな、赤目様」

と観右衛門が問うた。

「大番頭どの、わしとてさして刀に造詣が深くはござらぬ。鍛造された年がふるいのは、足利様の時代の終わりの孫六兼元であろうな。井上真改は、寛文から延宝（一六六一～七三）の作、つまり江戸幕府が開かれた後の新刀と聞いておるで、百年以上は孫六兼元が古いな」

「ほうほう、駿太郎さんが腰に差す孫六兼元はそれほど古い一刀ですか」

と観右衛門は念押しした。

「大番頭さん、未だ十三、四の駿太郎には勿体《もったい》なき銘刀であることは間違いない。刀好きの野尻が孫六兼元に関心を寄せたのは分かるな」

「とは申せ、孫六兼元がただ今駿太郎さんの腰にあるのは父御の赤目様のお働きゆえです」

と昌右衛門が言った。

小籐次は頷きながらその経緯を思い出していた。

芝神明社の大宮司西東正継《さいとうまさつぐ》がいささか異《い》なる難儀に落ちた折、小籐次がその危難を救ったことがあった。未だ駿太郎がこの世の者ではなかった頃の騒ぎだ。歳月が過ぎ、駿太郎は小籐次の子として育てられた。実の父親譲りの体格と当人の技量を見て、小籐次は孫六兼元を与えたのだ。いまや駿太郎はこの古刀を使いこなしていた。駿太郎が、研ぎ場を片付けながら話を聞いていることを承知で小籐次はいった。

「駿太郎が孫六兼元に相応《ふさわ》しい剣術家になるかどうか、今後さらに厳しい修行の歳月が待ち受けておりまする」

小籐次は、愚かな行為をなした野尻誠三郎の死を忘れてはならぬ、同時に拘りすぎるでないと言外に告げていた。

小籐次とクロスケを研ぎ舟蛙丸の苫屋根の下に座らせた駿太郎は舳先を三十間堀に入れた。

百万人が住むといわれる都の江戸に一尺以上の雪が降ったのだ。

河岸道は真ん中を人がかろうじて歩けるよう、軒下や柳が植えられた岸辺に雪がうずたかく積まれていた。むろん三十間堀の商家の屋根にはそっくり雪が残っていて、いつも見慣れた景色とは違っていた。

あと三日で正月を迎える。雪の正月だな、と駿太郎は思った。

「父上はかような大雪を見たことがございますか」

「おお、それじゃ、須崎村に久慈屋から迎えの舟をうけて隅田川を下ってきたが、どこか違った都を見ているようでな、あれこれと過ぎし日々を思い起こした。まだわが父が存命していた折に品川宿外れの下屋敷で大雪を経験したが、その折とてせいぜいこたびの雪の半分ほどであったのではないか。わしがそなたの歳になったかならぬか、そんな大昔の話よ」

艫近くに喜多造がかけてくれた苫屋根の下に国三が小さな手あぶりをおいてく

れた。

「犬は雪を見ると大喜びするものですが、クロスケはなんとなくこたびの大雪に戸惑っております」

「望外川荘なれば、シロといっしょに駆け回っておろう。初めて芝口橋の大店にひと晩泊ったのだ。なんとなくクロスケもお店の多い久慈屋界隈で走り回ってはならぬと、考えたのではないか」

「そうかもしれませぬ」

駿太郎が応じた。

そのとき、三十間堀の北端の鉤の手に曲がった辺りで、

「おーい、駿太郎さん、こんな大雪でも仕事に出たのか」

と声がかかった。

鏡心明智流桃井道場の年少組の森尾繁次郎、岩代祥次郎や吉水吉三郎らが藁《わら》で造った雪沓を履いて、手作りの道具を手にして雪を堀に落としていた。

「すごい雪でしたね」

「おお、父もこんな大雪は初めてといっていたぞ。奉行所ではかような大雪が降った日を例繰方《れいくりかた》の同心が調べているそうだ。ともかく桃井先生も覚えがないそう

じゃ」

町奉行所例繰方は、事件の経緯を記録し、その騒ぎと似た犯罪が起こった場合、照らし合わせる「町奉行所判例記録方」が本業だ。だが、過ぎし日の事件を記録する上で、「この夜は雪なり」とか「梅雨激し」などと日々の様子を短く付記するのを習わしとした。

「道場は大丈夫ですよね」

「おお、建物が古いから雪の重みで屋根が落ちぬか案じられたらしいが、中に入っても雪が入り込んだところはない。明日にも稽古ができよう」

と祥次郎が応じた。

クロスケが聞き知った声に、ワン、と吠えた。

「えっ、苫屋根の下に犬が乗っているのか」

「昨日、久慈屋にクロスケを連れて行って夜はあちらで泊まらせてもらいました」

「そうか、クロスケがいるのか」

祥次郎らが雪かきの道具を投げ捨てて石段を下りてきて、

「クロスケ、どうだったな、久慈屋のあしらいはさ」

と苫屋根を覗き込み、

「ああ、クロスケだけではないぞ、駿ちゃんの親父様も乗っているぞ」

と叫んだ。

「そなたら、雪かきか、感心じゃのう」

「赤目様、祥次郎も吉三郎も遊び半分です。この雪は直ぐにはなくなりませんよね」

年長の繁次郎が言った。

「おお、まず五、六日はとけまいな、それに今晩にも新たな雪が降るかもしれぬ。桃井先生にご挨拶していきたいが須崎村も案じられるでな。本日はこのまま戻ると詫びておいてくれ。もし年内に会えぬ折は、よき新年をお迎え下されとも伝えてくれぬか」

と小籐次が答えたとき、

「壮吾さんだ」

駿太郎が石段を下りてくる若手の与力の名を呼んだ。

「えっ、兄者か。小言を言われそうじゃな」

「そなたらの仕事は雪かきであろうが」

と壮吾が年少組の弟らに言い、

「兄者、赤目様に挨拶をしていただけだぞ」

と祥次郎が言い訳をした。

「同じ十三歳というても駿太郎さんとおれの弟はどうしてこれほど違うのか。祥次郎、駿太郎さんが大仕事をなしたことを知るまいな」

「えっ、大仕事ってなんだ」

岩代兄弟の問答に駿太郎は黙っていた。

「そうか、聞いておらぬのか。ならばよい」

と言った壮吾が、

「後始末を南町がやっておる」

と駿太郎に眼差しを向けて言った。

「迷惑をかけます」

「それがしはなにもしておらぬ。ともかく迷惑どころではないぞ、大手柄じゃぞ、駿太郎さん」

「兄者、駿太郎さんはなんの手柄を立てたのだ」

祥次郎が尋ねたがそれには答えず、

「相良こと野尻誠三郎な、あの形《なり》ながら一刀流と林崎夢想流の居合の遣い手であった、と聞いた。関八州のあちこちで押込みなど働いておって、代官所から人相書が何枚も回ってきておる。それがし、あの者が井上真改を所持していたと聞きましたでな、南町を訪ねて近藤どのに真改を見せてもらい、手にしました」

と最後は小籐次に向けて言った。

「わしも久慈屋でな、井上真改と初めて対面した」

「井上真改と孫六兼元が刃を合わせるなど、文政の御代にあるとは信じられぬと南北奉行所で評判だぞ」

壮吾が駿太郎に小声で告げた。

駿太郎は話柄を変えた。

「壮吾さん、明日には道場に稽古に参ります。ご指導を願います。繁次郎さん、祥次郎さん、吉三郎さん、また明日ね」

と別れの挨拶をして楓川《もみじ》へと蛙丸を進めた。

風が吹いて、並木の柳に積もった雪がちらちらと舞った。

「駿太郎、兼元の手入れをなしたか」

と不意に小籐次が質した。

「一応刃こぼれがないか確かめましたが、ないように思えました。ゆえに血のりを水洗いして布で拭っておきました」

「明日は兼元を置いていけ。わしが研ぎをかけておこう」

「父上、明日も望外川荘に残られますか」

「本日、休みのつもりが芝口橋に呼ばれたでな、明日は須崎村に残ろうと思う。この雪は降り終わっておらぬ。ふだんの暮らしに戻るのに十日はかかろう。師走じゃが研ぎの頼みがそうあるとは思えぬ」

楓川から日本橋川に出ると、正面の小網河岸から魚河岸まで真っ白な雪に覆われて、いつも見慣れた景色とは違うように思えた。

駿太郎は江戸橋の下流側の日本橋川が北に湾曲した流れの真ん中に蛙丸を止めて、江戸橋、日本橋越しに江戸城を眺めた。

「父上、雪景色のお城は美しいですよ」

「どれどれ」

と苫屋根から這い出してきた小籐次が胴ノ間より一段高い艫に上がり、

「おおー」

と感に堪えた声を漏らし、しばし無言で千代田城ともいわれる江戸城を眺めた。

「父上、江戸城には天守はございませんね」

と駿太郎は無言の小籐次に質した。

「ないな。ただし、三代将軍家光様の治世には、天守台石垣の上に五層五階、地下に一階の天守があったと聞いておる。四十二尺の石垣上に百三十五尺の五階が聳え、十尺の金の鯱《しゃちほこ》が城下を睥睨《へいげい》していたというから、二百四十余尺（八十メートル余）の高さの虚空に輝く金の鯱を江戸市中すべての場所から望めたのではなかろうか。なんとも見事な景色であったろうな」

駿太郎は天守のある江戸城を想像したが、いまひとつ景色が浮かばなかった。

「なぜただ今天守はないのでしょうか」

「明暦の大火にて焼失したと聞いておる。天守完成からわずか二十年後のことだそうじゃ。ただ今天守が残っていれば、雪景色に映えて一段と美しかったろうな」

ふたりはしばし蛙丸を止めて江戸城を眺めていた。

これまで雲に隠れていた陽光が雪の江戸城下に差し込んで、まるで江戸全体が黄金色の光をまとったようで言葉にならなかった。

「母上に見せとうございました」

「おりょうは喜んで絵に描こうな」

とふたりは言い合うと蛙丸の向きを大川へと変えた。


この日の夕方、空蔵が書いた「なぞの真改」をめぐる記事が載る読売が売り出された。だが、父子はその読売を読むことはなかった。


研ぎ舟蛙丸が須崎村の湧水池への水路に入ったとき、シロの吠え声がして苫屋根の下にいたクロスケも舳先へと飛び出していき、大声でワンワンと吠え合った。二匹の犬が別れていたのはひと晩だった。だが、この大雪もあって、もっと長い日にちが経った感じなのだろうか。

水路の枯れた葦原の向こうまでシロが出てきて蛙丸に乗るクロスケに吠えかけ、尻尾をくるくると回して大喜びで迎えた。

「父上、母上もお梅さんも船着場にいますよ」

「ほう、よう屋敷から船着場まで歩いてこられたな」

と言いながら小籐次も艫に立った。

「百助さんが頑張ったのでしょうか」

「あの大雪を百助ひとりでは無理であろう」

「母上、戻ってきましたよ」

と駿太郎が手を振った。

「ご苦労様でした。さぞ寒かったでしょう」

「いいえ、櫓を漕いでいると寒さは感じません。それよりよく船着場まで雪をどけられましたね」

「駿太郎さん、兵吉従兄さんが手伝いにきてくれました。この大雪では寒くて舟に乗る人が少ないんだそうです」

とお梅が答えた。

蛙丸が船着場に横付けされようとした直前、シロが舳先に飛び乗ってきてクロスケとじゃれ合って喜んだ。

駿太郎は、二匹の犬の様子を見て、

(望外川荘に戻ってきた)

という感慨を覚えた。

三

翌朝、駿太郎はおりょうと小籐次を乗せて雪景色を蛙丸から見せることになった。

近ごろのおりょうは和歌を詠むより絵を描くことに熱心だった。そんなおりょうが夕餉の折に雪の江戸の光景を見たいと言い出したのだ。

そこで日頃世話になる浅草寺御用達の畳職備前屋、久慈屋、そして、深川蛤《はまぐり》町《ちょう》裏河岸などの得意先に年末の挨拶を兼ねて小籐次も同道し、おりょうは、

「雪景色江戸見物」

を為すことに急に決まったのだ。

そんな雰囲気に二匹の飼い犬も一家に同行したいような動きをみせたが、駿太郎に、

「本日は望外川荘の留守をお梅さんといっしょになすのだ」

と厳しく命じられてクロスケもシロも須崎村にしぶしぶ残ることになった。

おりょうが船着場に出てみると蛙丸の苫屋根の下には炬燵《こたつ》が用意され、手あぶ

りの角火鉢がおかれていた。

　この角火鉢は久慈屋のものだ。お梅が炬燵のために熾した炭を角火鉢にも入れた上に苫屋根が風を防いで、屋根なしの時とは大違いだ。

　それにしても寒さがぶり返しそうな空模様だった。

「舟を出しますよ、母上、父上」

　と駿太郎が声をかけて、

「いってらっしゃい」

　とお梅が見送った。

　湧水池の水路をぬけると隅田川には早朝にも拘わらず大小の舟が往来していた。明日は大晦日だ。

　雪とはいえ今年最後の商いや品納めのための仕事船が多かった。

　おりょうは雪をかぶった浅草寺の景色を画帳に早速素描し始めていた。

「久慈屋の隠居所の掛け軸用かのう」

　と小籐次が尋ねた。

「いえ、だれに頼まれたものでもございませんが、かような大雪の師走に覚えはありません。描き残しておきたいと思うたのです」

と言いながら、苫屋根の下から身を乗り出すようにして、せっせと絵筆を動かしていた。

そんなおりょうの炬燵席の傍らには、久慈屋の隠居所用の掛け軸の絵、初日の出が置かれていた。その絵にはおりょうに命じられた小籐次の五七五が添えられていた。

「元旦や　なにはなくとも　松に梅」

この句を見せられた駿太郎が、

「竹の代わりに初日の出ですか」

と言いながら首を捻った。

「駿太郎、五十六《いそろく》様には母の絵より赤目小籐次が詠んだ五七五が大事なのです」

とおりょうが答えた。ともあれ今年も多大な世話になった久慈屋への赤目夫婦からの礼だった。

「父上、まずは駒形堂の船着場でよいですね」

と流れに乗せた駿太郎が小籐次に念押しし、

「そう願おう」

と返事が返ってきた。

炬燵に入った小籐次は手あぶりも傍らにおいていた。

「おりょうは素手じゃが、寒さを感じぬか」

「絵を描いておる折は寒さなど感じません。かような景色は眼で見るだけではのうて、画帳に残しておきたいのです」

「そうか、なにもせんで炬燵にかじりついて、ぬくぬくと火鉢にまで手を翳《かざ》しておるのはわしだけか」

「父上、一家でいちばんの年上です。風邪などひかないでください」

と駿太郎に言われて、

「赤子だった駿太郎に気遣いされるようになったか。歳には勝てぬか」

「おまえ様、老いては子に従うのが習わしでございますよ」

絵筆を動かしながらおりょうが父子の問答に加わった。

西空を見ながら櫓をゆっくりと漕いでいた駿太郎が、

「昨日、父上が申されたように今日も雪が降るかもしれません」

と言った。

「炬燵のある蛙丸で雪見とは粋な話ではありませんか」

「もはや雪は十分じゃ」

「いえ、おまえ様、やはり足りぬのではありませぬか」

「足りぬとはなんだな」

「蛙丸で雪見ならばお酒ですよね、母上」

「いかにもさようです」

「うむ、師走とはいえ研ぎ舟で朝から雪見酒はいささか不謹慎ではないか。ご挨拶を終えたあとに帰り舟では」

と言いかけた小籐次が、

「倅に蛙丸を漕がせてわしだけが雪見酒とはいかんな」

「わが君、その機会《おり》には私もご相伴に与《あずか》ります」

とおりょうが言い出した。

「夫婦で師走に雪見酒な、どなたかお誘いしたい気分じゃな」

「頭に浮かんだ御仁がございますか」

「格別にどなたというわけではないがな。こんな穏やかな年の瀬についい思い付いた考えだ」

「父上、年明けにお夕姉ちゃんとお鈴さんを須崎村にお誘いしませんか。桂三郎さんが工房を構えられてお夕姉ちゃんも忙しくなり、新兵衛さんのこともあって、ここのところお誘いしていませんよ」

「そうだな。松の内が明けた時分に桂三郎さんに許しを得ようか」

「ああ、そうだ、忘れていた。数日前、お夕姉ちゃんにあった折、赤坂田町に普請する隠居所の錺金具一式の注文を正式に受けたそうです。先日、桂三郎さんが普請中の隠居所を見にいったそうです」

「おお、直垂《ひたたれ》など礼装の仕立て屋、信濃屋平左衛門どのの隠居所であったな。そうなるとお夕さんを泊りがけで誘うのは難しいかのう」

「父上、お鈴さんも望外川荘に誘われないのが寂しいというておりましたよ」

「年の内に誘っておけばよかったか」

と流れに乗った蛙丸で一家が話をしているうちに、いつしか吾妻橋にほど近い駒形堂の船着場に蛙丸は接近していた。

「母上、父上と備前屋さんを訪ねられてはいかがですか。雪道ですが、ゆっくりと歩けば大丈夫でしょう。私は蛙丸にて留守番をしています」

「大晦日を控えて畳屋さんはご多忙ではございませんか」

「忙しかろう。ゆえに挨拶だけで引き揚げようではないか。おりょうは備前屋を訪ねるのは初めてではないか」

と小籐次も誘い、駿太郎が蛙丸を船着場の杭にしっかりと舫うとふたりが雪道を歩いて備前屋に向かった。

駿太郎は炬燵に入り、角火鉢で手を温めた。いつしかとろとろと眠り込んでいた。

「駿太郎」

と不意に小籐次の声がして目を覚ますとふたりの姿が船着場にあった。

「どうしました」

「想像はしていたがな、いやはや備前屋は戦場《いくさば》のようであったわ。挨拶だけでな、引き揚げて参った」

「やはりそうでしたか」

「それでもおりょうが訪ねていったというので、畳の表替えを見ながら茶菓を馳走になった。雪見酒などとは多忙極まる備前屋では口にできんな。ともかく師走の挨拶はなしてきた」

小籐次がおりょうの手をとって蛙丸に乗せ、自らも苫屋根に入っていった。

「次はアサリ河岸の桃井道場でようございますね」

「おお、その先の久慈屋まではわしが櫓を握るでな、稽古納めをしてこよ」

と小籐次が答えた。

「父上、アサリ河岸では明日の大晦日は稽古をしませぬか」

「どうかのう。大晦日も稽古にいくつもりか」

「望外川荘に残っていたほうがいいですか」

蛙丸を大川に戻した駿太郎が聞いた。

「御節振舞《おせちぶるまい》の仕度はできていますし、駿太郎はいなくてもようございますよ」

「母上、ならば明日もアサリ河岸を訪ねます」

日本橋川に入ると雪道のなか、小網河岸などに設けられた朝市や魚河岸に大勢の人々が集って活況を呈していた。

「母上、江戸橋も日本橋も人ひとひとです。うちだけが呑気なのでしょうかね」

駿太郎が声をかけたが、おりょうの耳にはその言葉は届いてないようで、せっせと絵筆を動かしていた。

蛙丸がアサリ河岸の船着場に着いたのは、四つを四半刻ほど過ぎた頃合いであった。

「道場の桃井先生に挨拶だけしてこよう。直ぐに済ませるで、おりょう、待っておれ」

　と言い残した小篠次と駿太郎が河岸道へ段々を上がっていった。

　さすがに石段の雪は綺麗にどかされていたが、河岸道には雪が残っていた。

「あれ、妙に道場が静かだぞ」

　と木刀を手にした駿太郎が首を傾げながら道場を見た。

　式台の前には年少組と思える履物が五足並んでいた。が、実に森閑としていた。

「駿太郎、なんぞ異変かのう」

　小篠次も首を傾げながら式台の前に高下駄を脱ぎ捨てた。

　駿太郎も倣い、道場を覗くと年少組の五人が見所《けんじょ》のかたわらに座らされていた。

　ちらりと岩代祥次郎が駿太郎を見て、片手を上げた。

　見所には桃井春蔵が悠然と座り、その前に見知らぬ四人組が濡れそぼった草鞋履きのまま、木刀やら槍などを構えて向き合っていた。

　こんどは嘉一が駿太郎に手をふった。すると竹刀を手にした四人組のひとりが、こつんと嘉一の頭を叩いた。

「あ、痛い」

　と嘉一が漏らしたとき、四人組の頭分か、

「二度とは申さん。われら、武者修行の旅をこの十年余続けて参り、最前、江戸へと戻ったのだ。路銀を使い果たしたで道場主と勝負が致したし。いや、その要はないと考えられるならば、いささか路銀を無心したし」

「つまり道場破りに参られたか」

と桃井春蔵がいいながら、ちらりと赤目小籐次と駿太郎父子に視線を向けた。するとそれまで正座させられていた年少組の五人が膝を崩して胡坐をかいた。

「道場破りなどではないわ。武者修行の一環として稽古を所望しておる」

と巨漢の髭面がしゃあしゃあと言い放った。

「そなたら、江戸の事情を承知しておらぬようじゃな。うちは江戸でも一、二とは申さんが、まあかなり貧乏な剣道場じゃぞ。それに門弟はそこに座らされておる年少組の家を始め、町奉行所の与力・同心が多い。つまりじゃ、町奉行所道場と呼んでも差し支えあるまい。おぬしら、そんな道場に強請《ゆすり》たかりをする気か」

「なに、町奉行所道場じゃと、さような看板はどこにもないわ」

「ないな。正しくは鏡心明智流士学館道場、わしは道場主の桃井春蔵じゃがな、ほれ、堀向こうは江戸の南北奉行所の与力・同心が住まいする組屋敷でな、だれぞにうちの道場の素性を聞かなかったか」

「知らぬな」

と巨漢がとぼけたか、真に知らぬのか曖昧な顔で答えた。

「ならばいまのうちに道場を出ていかれよ。いや、その前に土足で上がった道場の清掃をなしてからにしてもらおう」

「おのれ、言わせておけば大仰な虚言を弄したうえに掃除をしていけだと、もはや許せん」

と頭分の巨漢が喚いた。

「駿ちゃん、年の瀬に妙な四人組がきちゃったんだ。おれたち、そろそろ駿ちゃんとさ、ひょっとしたら親父様も一緒にくるころだと待っていたんだ」

と祥次郎が話しかけた。

「この方々と稽古をしたの」

「おれたちだけでやるのはさ、ちょっと自信がないからさ、駿ちゃんを待っていたんだよ。この手合いって、こけ威《おど》しの輩だよね」

との祥次郎の言葉に、

「そのほう、何者だ。門弟か」

と最前から桃井春蔵に無礼な言葉をかけていた巨漢が駿太郎に質した。

「新入りの門弟です。ところでそなた様は、流儀や姓名を桃井先生に名乗られましたか」

「看板もなき貧乏道場の主にさような要はないわ」

「いえ、最前桃井先生が鏡心明智流桃井春蔵と名乗られました。礼儀としてそなた方も名乗りなされ」

と駿太郎に言われた頭分が、

「鹿島神陰流の流祖松本備前守政信末裔、松本備前守勝信」

と仰々しくも名乗った。

そのとき、小籐次がひょろひょろとした足どりで見所の桃井春蔵のもとへと行き、

「桃井先生、今年は世話になり申した。師走の挨拶と思うて道場に寄せてもらいましたが、なにやら茶番の最中、邪魔をしましたかな」

「ご丁寧に年末のご挨拶にございますか、恐縮千万にござる」

とこちらも平然とした態度で応じた。

「爺、われらが問答しておるのが聞こえぬか」

と道場破りのひとりが喚いた。

「駿ちゃん、どう見るよ。松本備前守なんとかという剣術家の腕前はさ」

祥次郎が質した。

「そこそこだと思います」

「ならば駿ちゃんとおれたちで相手してもいいか」

「稽古に来たのに邪魔をされたのですからね、稽古相手を願いましょうか」

駿太郎がいうと年少組の頭森尾繁次郎らが黙って立ち上がった。この五人も赤目父子と付き合いが始まり、それなりの修羅場を経験し、強かな年少組に育っていた。

「おのれ、餓鬼《がき》どもが。真剣勝負の恐ろしさを知らぬか」

と別のひとりが叫んで手にしていた槍を前後に揺すって穂先の鞘を道場の床に転がした。そして、穂先を床に突き立てて見せた。これも身過ぎ世過ぎの道場破りの際に見せるこけ威しの「技」と見えた。それでも祥次郎はいささか険しい表情に変えて、

「駿ちゃん、こいつらの相手はひとりで大丈夫だよな」

と念を押した。

「祥次郎さん方はこの四人組に正座させられていたのでしょう。非礼な態度を木

刀で懲らしめてやりたくありませんか」

「おれだけでか」

と祥次郎が応じ、

「祥次郎、おまえひとりが勝てるわけもなかろう」

と吉水吉三郎が言った。

「駿ちゃんが手伝ってくれるならばさ、おれたちでひとりくらい倒せそうだな」

「松本氏、われら、小ばかにされておらぬか。最前と違って、餓鬼どもの態度がえらくふてぶてしくなりおったぞ」

と槍を床に突き立てた武芸者が頭分に問いかけた。

「爺とのっぽが道場に入ってきた折からじゃな」

と松本某が小籐次と桃井春蔵に視線を戻した。

「そなたら、どちらに武者修行に参っておった」

と桃井が静かな口調で質した。

「西国の雄藩薩摩を始めとして九国の大名家をへ巡《めぐ》って、つい最前江戸に戻ってまいったところだ」

薩摩に武者修行といっても、そう容易く入国できるところではない。

「さようか。わが弟子たちがそなたらと稽古がしたいというておるが、この件、どうされるお心算かのう」

桃井春蔵が問うた。

「おのれ、われらの相手に子どもと言いおるか。与力・同心の子というて手加減はせぬ。怪我人や死人が出てもしらぬぞ」

「ほうほう、相手してくださるか」

と応じた桃井が小籐次に向かって、

「赤目小籐次どの、おてまえが行司役を務めてくれぬか」

と願ったとたん、松本勝信の顔色が変わった。

「わしが行司役とな、酔いどれ流じゃがよかろうか」

小籐次は無腰だ。

しばし小籐次の顔を凝視していた松本が、

「この爺は酔いどれ小籐次と申す者ではあるまいな」

と手にしていた鉄扇で差した。

「まさか」

と小籐次の名を聞いた武芸者が床に突き立てた槍の柄に手を伸ばそうとした。

駿太郎がそろりと近づき、手にしていた木刀をその柄に一閃させると、ぽきりと折れて穂先が道場の床に転がった。その者の手には折れた柄だけが残った。

「私、桃井道場年少組新入りにして、赤目小籐次の一子でございます。お手柔らかにお相手を」

と駿太郎が言い放つと五人の年少組がそれぞれ木刀を構えた。

そこへ馴染みの声がかかった。

「おーい、駿太郎さん、こやつら、何者だ」

「桃井道場に道場破りだそうです」

入ってきた岩代壮吾の問いに駿太郎が応じた。

「ほう、貧乏道場によくもまあ来おったな。年の瀬に小者でもなんでも捕まえて大番屋に放り込まぬと上役から叱られるのだ。こやつらを大番屋に引っ立てていこうか」

「北町奉行所与力岩代壮吾様、その前に年少組と稽古をなすことになっております」

「そうか、駿太郎さんには物足りまい。祥次郎、おまえらが相手をせよ。手こずるようならば駿太郎とそれがしが出ようではないか」

と壮吾が言い放った。

四人組は無言で立ち竦んでいたが、

「嗚呼ー」

と悲鳴を上げると槍の穂先が転がった道場から表へと逃げ出していって茶番が終わった。

四

久慈屋の奥座敷に小籐次とおりょうが通されたとき、昼過ぎの刻限だった。

本日は研ぎ仕事はしない心算の駿太郎だったが、国三が設けてくれた研ぎ場に座ってこの界隈のおかみさんが持ち込んだ三本の出刃包丁の研ぎを始めた。

正月を前に包丁を手入れして、新年を迎えようと望む裏長屋のおかみさん連もいたのだ。

「駿太郎さん、本日、赤目様は須崎村に残られるはずではなかったのですか」

と国三が駿太郎に尋ねた。

「ええ、昨晩までそのつもりでした。ですが母上が江戸の雪景色がみたいと望んだものですから、父上だけ望外川荘に残るのは嫌だったようです。一日早い年末の挨拶を兼ねての訪いです」

「朝方より寒くなりませんか。また雪が降りそうですよ」

というところにお夕が姿を見せた。

「久慈屋さんの船着場に蛙丸が舫われているのを見たの」

「お夕姉ちゃん、今ごろどうしたの」

「本日は仕事納めで工房の大掃除よ。といっても新しい仕事場ですものね、師匠は道具の手入れ、私は掃除ね」

師匠とは父親の桂三郎のことだ。

「新兵衛さんの具合はどう」

「相変わらずよ、寒さが堪えるのか炬燵に潜り込んで、時折わけのわからないことを言っているわ」

「この寒さだもの、致し方ないよ。父上と母上がいっしょに出てきたからあとで工房に挨拶に行くと思うよ」

と言った駿太郎が、

「ああ、そうだ。年が明けて暖かくなったらお鈴さんと望外川荘に泊まりにきてね。ここのところ忙しくて須崎村に来ていないでしょう」

「私たち、まだ蛙丸に乗せてもらってないものね、楽しみだわ」

と言ったお夕が大番頭の観右衛門に挨拶して金春屋敷近くの錺職桂三郎の工房へと雪道を足早に向かった。

そこへこんどは空蔵が飛び込んできた。

「駿太郎さん、アサリ河岸の道場にさ、間抜けな道場破りがきたそうだな。駿太郎さんが折った槍の穂先を岩代家の次男坊に見せられたぞ」

と言い出した。

「道場の床に槍の穂先を突き立てるなんて乱暴をするものですから、つい手にしていた木刀で叩いたら折れちゃったんです」

駿太郎が戸惑いの表情で言った。

「経緯は聞いた。師走にきてさ、小ネタだが、先日のように血が流れる話じゃないや、読売に書くぜ、いいな」

と乞うた。

「桃井先生にお断りしたんですか」

「おお、断ったぜ、桃井先生、酔いどれ様とふたりして三河万歳もどきの芸を演じたらしいじゃないか。それにしても桃井道場に道場破りとはどういうことだ。この雪で稼ぎ場所がないのかね、桃井道場の門弟が八丁堀の与力・同心の子弟と知らない輩だな」

「長いこと西国で武者修行をしていたそうです」

「その話も怪しいな。ともかくこの雪で読売のネタが拾えないんだ。桃井道場の間抜けな道場破りの話を書かせてもらうからな」

と念押しした。

「私たち年少組の名は出さないでくださいよ、空蔵さん」

「桃井先生にもきつく命じられた。まあ、その辺りは任せねえ。四人組の間抜けぶりを大仰に書くからといって奴らから文句はいってこめえ。年の瀬のこたびの騒ぎの主役は桃井先生と酔いどれ様だ、このふたりを登場させねえと読売にならないよな」

というと、

「昨日のさ、読売は南町が関わっているし手加減して書いた上に大雪で人出が少ないし、大半が売れ残ったぞ。やっぱりいくら『真改』とか『大坂正宗』とはいえ刀より人間だよな、酔いどれ小籐次がからまねえと読売は売れないや」

とぼやいた。そして、

「大番頭さん、店の片隅を貸してくれないか、空蔵得意のほら話を仕立てるからさ」

と断わると火鉢のある框に腰を下ろして、まず手をあぶりながらしばし思案した。その直後、懐から二つ折の紙束を、腰の矢立てから筆を取り出して、さらさらと筆を動かし始めた。さすがに老練な読売屋だ、筆が止まる間もなかった。ほら蔵の異名どおり素早くすらすらと書き、その読売を売るのも達者な空蔵だった。

そこへ奥から昌右衛門が油紙に包んだ筒を手に出てきて国三に、

「番頭さん、神谷町の隠居所におりょう様の絵を届けてくれませんか。一刻も早くご隠居が見たいでしょうからね」

と渡そうとした。

「おおー、昌右衛門さんさ、おりょう様の絵だって。わっしにちらりと見せてはくれませんかね。なにしろネタ枯れなんです」

と空蔵が願った。

昌右衛門は困惑の体で思案した。

「酔いどれ様の下手な五七五は添えられていますかえ」

「むろんおりょう様の絵には赤目様の俳句はつきものです。『元旦や　なにはなくとも　松に梅』という目出度《めでた》い句です」

と昌右衛門が空蔵に応じて、

「母上の絵は松の向こうから初日が上り、梅を照らしています」

と駿太郎が言い添えた。

「ほう、『元旦や　なにはなくとも　松に梅』ね、おりょう様の絵がなければとても句とはいえまいな」

「それは父上もとくと承知です」

と駿太郎がいい、

「おりょう様の絵と赤目様の名がある掛け軸なんてどこにもございませんぞ。いや、桂三郎さんの工房にありましたか」

と観右衛門が話に加わった。

「それなんだよ。酔いどれ様とおりょう様のふたりの合作の評判がよくてな、桂三郎さんの工房は錺職の注文ばかりではなくて、絵と句を見にくる人が一日に四、五人いると聞いたぞ」

「えっ、さようなお方がいるなんてお夕姉ちゃんは言ってませんでしたよ」

「それがそうなんだ。つい先日はお武家さんも来たとよ」

「驚いたな」

と駿太郎が言い、国三が、

「旦那様、隠居所に届けてまいります」

と油紙の筒を受け取った。

「よし、番頭さん、おれも一緒にいこう。隠居に断ってさ、絵を見せてもらったら正月用の読売ネタになるからな」

と空蔵も框から立ち上がった。

「桃井道場の話は書き終えたんですかな」

「大番頭さん、案じなさるな。空蔵の得意のほら話、面白おかしくちょいちょいと書き上げました。こいつにはどこからも文句がこないやな」

と答えた。

ふたりが出かけていくとお鈴が、

「皆さん、昼餉ですよ」

と誘いにきた。

小籐次とおりょう、昌右衛門とおやえ夫婦と観右衛門の五人は奥座敷で昼餉を食し、駿太郎は奉公人といっしょに台所の板の間で具たっぷりのうどんとしぐれ煮の小蛤が混ざった握りめしを食することになった。手代の梅吉が、

「駿太郎さんはどこまで背丈が伸びんです。私など小僧のころから一寸ちょっとしか伸びてないのにな」

と駿太郎の食いっぷりを見ながらぼやいた。

「さあ、実の父上の須藤平八郎様が大きなお方だったそうですから、背が高いのはそちらの血筋でしょうか」

と駿太郎が三つ目の握りめしを食しながら答えた。

久慈屋では駿太郎の実父実母が小籐次でもおりょうでもないことはだれもが承知していた。それでも老中青山様の領地丹波篠山を赤目一家が訪ねて、篠山藩の馬廻役須藤平八郎の行跡を尋ね、小出英《こいでえい》の墓参りを済ませた旅から戻った後、駿太郎ははっきりと自分にふたりの父とふたりの母がいることを悟り、そのことを必要に応じて口にするようになったのだ。

「初めて会う人は駿太郎さんが明後日には十四歳だなんてだれも思わないよね。私は手代になっても、未だ小僧さんって得意先で呼ばれるのにな」

「梅吉さん、背が高くても格別得することなんてありませんよ」

「そうかな、踏み台に乗らずとも棚の品が下ろせますよ。剣術だって小さいより大きいほうが強くなりましょう」

「大きな背丈だから得をして、剣が強いとは思えないけどな」

駿太郎が首を傾げながら応じた。

剣術は稽古の質と量だとその顔は言っていた。

「天下無双の赤目小籐次様は、どんな剣術家よりも小さいですからね」

と手代の晋松《しんまつ》が話に加わった。

梅吉も晋松も番頭の国三とほぼいっしょの年齢だ。小僧時代に国三はしくじりをして水戸の本家での紙漉《す》きから始まる回り道の修業を命じられていた。だが、そのしくじりと再修業にも拘わらず一番先に見習番頭に昇進した。失敗から学んだことがただ今の番頭国三をつくっていた。

「そうだ、赤目様と駿太郎さんの背丈は一尺以上の差があるし、赤目様の方はずっと年寄りですよね。駿太郎さん、赤目様より強いですか」

晋松が分かりきっていることを念押しして尋ねた。

「父上と私は、どちらが強いと聞かれますか、全く歯が立ちません」

「ふーん、ということは背丈も歳も剣術の上手下手には関わりないということですか」

　と梅吉が得心した。

「これ、手代さん方、いつまでお喋りしているんだ。女衆が待っているんだべ」

　と通いの女中頭のおまつに叱られた駿太郎らは慌てて膳を片付けて店に戻った。

　大雪の師走だ。

　いつもの年の瀬と異なり、仕事が立て込んでいない久慈屋の奉公人たちもどことなくのんびりしていた。

　だが、奥座敷で昼餉を食していたはずの大番頭の観右衛門がすでに店に戻っていて、奉公人たちは狼狽した。

「駿太郎さん、父上と母上は桂三郎さんの工房を訪ねておられます。帰ってきたら深川の蛤町裏河岸に向かうそうですぞ」

「承知しました。もう包丁は研ぎ終えていますから長屋に届けましょうか」

　それぞれの包丁には長屋と客の名が国三の手で認められた紙片がついていた。

「それは小僧に任せなされ」

「ならば研ぎ場を片付けます」

　と駿太郎は片付けを始めた。そこへ国三が駕籠に乗せた久慈屋の隠居の五十六《いそろく》を伴ってきた。空蔵の姿がないところを見ると、絵を見て読売屋に飛んで帰ったか、勝五郎の長屋に向かったのだろう。

「おや、ご隠居、どうされました」

観右衛門が駕籠を下りる五十六に尋ねた。

「おりょう様の絵を見たら、急ぎ今年のうちに掛け軸に仕立ててもらいたくなったのです。正月はおりょう様の目出度い絵で迎えます」

「今年は、あと明日一日ですぞ」

「分かってますよ、大番頭さん。本式の掛け軸は来春にやり直すとして仮仕立てを守山町の表具屋に願います」

と五十六が答え、

「というわけで表具屋に行って参ります」

と国三が観右衛門に絵の入った筒を見せた。これまでの掛け軸の仕立てもすべて同じ店でなしているから多少の無理は聞いてくれると五十六は踏んだのだろう。

国三が早々に雪道へと出ていった。するとそこへ小籐次とおりょうが桂三郎とお夕の工房から戻ってきて、隠居の五十六とひとしきり仮仕立てに出した絵の話になった。

「五十六様、気に入って頂き、安心して新しい年が迎えられます」

と言葉を残して赤目一家は研ぎ舟蛙丸に向かった。お鈴が観右衛門の指図で苫屋根の下の炬燵に新たな炭を入れてくれていた。

「ありがとう、お鈴さん」

とおりょうが礼を述べ、身内同然の両家が、

「よいお年をお迎えください」

「今年も世話になりました」

と挨拶し合って駿太郎が竹竿と櫓を使い分けて堀から築地川へと向った。するとちらちらと雪が舞い始めた。

「今年の終わりは雪づくしですよ」

「どうやら本日のうちに師走の挨拶をしておいてよかったな」

「わたしは江戸の雪景色を蛙丸から堪能できて大満足です」

と親子三人が言い合った。

風がないせいで雪は静かに降ってきた。

おりょうと小籐次は炬燵の中から雪景色を楽しんだ。

「父上、母上、海に出ますからね、蛙丸が揺れるかもしれません」

駿太郎が懸念したが、江戸の内海も穏やかだった。

「来春の初日の出は見られないかもしれませんね。母上、久慈屋のご隠居に松と梅と初日の出の絵を今年のうちに届けておいてよかったですね」

と櫓を漕いで鉄砲洲と佃島を結ぶ佃ノ渡しを過ぎ、越中島へと舳先を向けた。

「駿太郎、手を貸すか」

「大丈夫です、父上は久慈屋さんから頂戴した角樽《つのだる》のお酒を飲んでいてください」

蛙丸の胴ノ間には正月用の料理やら鏡餅に甘味までふんだんに載せられていた。久慈屋から頂戴したものだ。むろん角樽もあった。

「蛙丸には正月がすでに来ておるな。とはいえ、酒は深川の得意先に挨拶したあとに頂戴しよう」

「おまえ様、今年はこの蛙丸がうちに加わったことが一番の出来事でしたね。それにしても前の古舟でようもこの内海を漕ぎ渡ってきました」

「おお、蛙丸はわれらには贅沢な舟であるな」

「父上、これほど大きな舟が安定して舟足も出る、その上漕ぎ易い。蛙の亀作《かわずきさく》親方と船大工の腕がよほどよいのですね」

「深川のあと、立ち寄れるとようございますね」

「本日は深川蛤町裏河岸近辺の挨拶でいっぱいであろう」

と言った小籐次が菅笠をかぶり炬燵から出てきて櫓に加わった。

ふたり櫓になった蛙丸が雪のちらつくなか、すいすいと大川河口を横目に越中島の堀へと入っていった。

「おまえ様、このところは丹波篠山やら高尾山《たかおさん》の薬王院《やくおういん》やらと、よう旅をなされましたね。来年も続きがありそうですか」

「うん、さような話はないがのう」

「母上にはどこぞ行きたいところがございますか」

「わたしはわが君や駿太郎と望外川荘で穏やかに暮らせれば、それで十分です。ですが、おまえ様と駿太郎にはなんとのう、旅が待ち受けているようです」

「母上、どこぞ当てがありそうですね」

「おまえ様、旧藩の久留島《くるしま》家の江戸藩邸からお呼びがかかっているのではございませぬか」

「おお、松の内が明けたら顔を出さねばなるまいな。それがどうかしたか」

「ただ今久留島のお殿様はご在府でございますね。ということは来年の四月には御暇でございます」

おりょうはなんぞ話を承知かそんなことを言い出した。

「私の門弟衆のおひとりが森藩はこの十数年、内証が逼迫《ひっぱく》して借上げが続いておると申されました」

「おりょう、わが旧藩の逼迫は代々続いておるわ、ただ今始まったことではあるまい」

と小籐次が応じて、この話は途中で終わった。

いつの間にやら蛤町裏河岸に着いていた。すると角吉《かどきち》の野菜舟があって正月の野菜などを売っていた。

「おい、酔いどれ様、おめえ、一家で公方様とお付き合いするようになって深川の馴染みを忘れたのではないか」

と竹藪蕎麦の美造《よしぞう》親方が叫び、蛤町の船着場でも師走の挨拶が賑やかに交わされた。

赤目一家は蛙丸を角吉に預けて、黒江町の曲物師《わげものし》万作や経師屋《きょうじや》の安兵衛、一色町の魚源など慌ただしく挨拶に回り、どこでも食い物や飲み物を頂戴して蛙丸の胴ノ間はいっぱいになった。

雪がいよいよ本式に降りだしたので、蛙丸も角吉の野菜舟といっしょに途中の横川まで行き、竪川と交わるところで、

「角吉さん、また来年ね。雪が段々と激しくなってきました、気をつけてお帰り下さい」

「ああ、駿太郎さん、赤目様、おりょう様、よいお年を」

と最後にふたたび挨拶し合って別れた。

蛙丸が須崎村の望外川荘の船着場に舫い綱を打ったのは六つ（午後六時）前の刻限で、霏々《ひひ》として降る雪が二日前の積雪にさらに積もっていった。

クロスケとシロが蛙丸の気配を感じて望外川荘から飛び出してきた。

「留守番が出来たか、なにも異変はなかったか」

駿太郎に言われ二匹の犬が尻尾を振り船着場を飛び回って迎えた。

「どうやらわが家は何事もなかったようだな。この雪次第では駿太郎もアサリ河岸の稽古に行けまい」

「いえ、大晦日だろうが正月だろうが道場に参ります」

と駿太郎が言い放ったとき、お梅が迎えに姿を見せた。

「昼間、兵吉従兄さんがきて、正月にどこぞにお宮参りに行きたいならば、どこへでも供をすると言い残していきました。明日も顔見せに来るそうです」

「正月三が日は船宿の書入れどきではないか。わしらと遊んでもおれまい」

「いえ、この雪は三が日も降り続く、寒い正月に舟に乗って風邪でも引くのは嫌だという客ばかりで、船宿は店開きしても休業同然だ、というておりました」

「うちも雪の降り方次第だな。明日、朝稽古に行く駿太郎以外は望外川荘におるわ。正月の仕度の折に考えようか」

と言って蛙丸の胴ノ間に積まれた頂戴ものを一家で手分けして望外川荘に運んだ。

駿太郎は納屋にあった千石船の古い帆布を苫屋根の上から蛙丸全体に覆いかけて雪が胴ノ間に積もることを防ぐ工夫をした。

翌朝のことを考えたからだ。

第四章　二口の真改

一

雪は大晦日の朝にも降り続いていた。とても蛙丸を出してアサリ河岸の桃井道場に行ける状況ではなかった。

駿太郎は船着場の蛙丸の様子を見て、朝稽古に行くことを断念した。苫屋根を覆った古い帆布にもたっぷりと積雪があった。

船着場から望外川荘に戻る道々、昨夜雪とともに吹いた強風に何本もの枯れ木が折れて倒れているのに目を止めた。その折はなにも考えなかったが、納屋に行き、土間で木刀の素振りでもできないかと見廻していると、土間の壁際に風呂の窯や母屋の台所の竈で燃やす薪が積んであるのが目に留まった。

須崎村の百姓から買ったものだ。

駿太郎はそれを見たとき、思い付いた。

そこへ納屋で暮らす百助老が起きてきた。

「百助さん、うちに大鋸《おおのこぎり》や斧《おの》はありますか」

「なにをしなさるだ、駿太郎さん」

「うちの敷地のなかにあった枯れ木が昨日の雪と風で何本か倒れているのを見たんです。雪が小降りになったら切って薪を作ろうかと思いました。道場にもいけないし、稽古もできないから、薪造りで体を動かします」

「ほうほう、考えなすったな。この家の前の住人が大身旗本でしてな、納屋にあれこれと道具を残しております。大鋸も斧もありますだ」

と百助が持ち出してきた。

見ると立派な道具だが手入れがされてなかった。

「よし、道具の手入れをまずしよう」

駿太郎は砥石類を持ち出して道具の手入れをすることにした。

「なにをする気だ」

納屋に姿を見せた小籐次が駿太郎に聞いた。そこで百助老に説明したことを繰り返した。

「この雪ではアサリ河岸にも行けんでな、薪はいくらあっても困ることはないか」

と小籐次が返事した。

「父上、鋸の目立てはできますか」

「鑢《やすり》があればできぬことはあるまい」

と小籐次が答えた。

森藩の下屋敷では厩《うまや》番といっても下士だ。内職から雑用までなんでもやらされた。むろん薪造りもやった。

親子の問答を聞いていた百助が大小の鑢類の入った箱を持ち出してきた。

「よし、わしが大鋸の目立てをしてみよう」

親子で納屋に仕事場を造った。店をもたぬ研ぎ屋にとって仕事場づくりはお手の物だ。

小籐次が雪明りを頼りに大鋸の目立てを行い、駿太郎が斧の刃を粗砥で研いだ。半刻でなんとか大鋸も斧も手入れができた。駿太郎は鉈《なた》も見つけて枝払いに使うように刃を研いだ。

「まだ雪は降りやまぬぞ」

「父上は囲炉裏端に控えていてください。私がなんとか枝を払った倒木を納屋まで引っ張ってきます。薪の長さに挽き切るのは納屋で行います」

手には斧を、腰には鉈を差し、蓑と菅笠をかぶり、藁沓に身を固めて船着場に近い倒木のところに戻った。根元の差し渡しが八寸ほど、長さは六間ほどありそうな赤松だ。

「駿太郎さんよ、二年も前かね、病にかかって枯れたんだ」

百助も蓑を着て、自分の鉈を手に姿を見せていった。いっしょにクロスケとシロがやってきて、駿太郎の仕事ぶりを眺めた。

「木も病にかかりますか」

「そりゃ、松も生き物だ、病にかかるだよ。そんで根が弱ったただね」

「そうか、松も生き物か」

「ああ、元気ならば、二十年もすればいい柱になっただがね」

と言った百助が倒れた赤松の枝払いを始めた。

駿太郎は斧で根を切り落とした。

「赤松はな、雌松《めまつ》とも呼ぶだ。木は固くも柔らかくもねえ。竈に入れると脂があるでよう燃えるだよ」

と言いながら百助は上手に枝を払っていく。

それを見ていた駿太郎は根元から二間半の長さのところに斧を入れて赤松を二つに切り分けることにした。

枝を払い終えた百助は、

「駿太郎さんや、雪の上を引っ張っていくだね、縄を持ってこよう」

と納屋に戻っていった。

駿太郎が切り落とした枝を纏《まと》めていると百助がどこにあったか、古びた橇《そり》のような道具と縄を持ってきた。なにに使ったものだろうか、駿太郎には想像もできなかった。百助も使用した覚えがないという。

「その橇があればこの雪の上を滑らせていけますね。納屋にはいろいろなものが遺されていますね、研ぎ屋にとって宝の山です」

「ああ、前の主様の顔はよう覚えてねえが、あれこれと購《あがな》って、結局納屋に残していっただね。この赤松を薪にすれば三日はもつべえ」

「えっ、たった三日で使い果たしますか」

と駿太郎が驚き、

「うちの湯桶は湯屋のものと同じくらい大きいでな、湯が沸《わ》くまで薪をけっこう使うだよ」

と百助が答えた。

「知らなかったな。そうか、うちの湯は沸くのに時がかかりますか」

「ひとり用の五右衛門《ごえもん》風呂ならばすぐに沸くがな、湯屋並みの桶風呂だ。まんず薪を結構食うな」

と百助が言った。

「百助さん、竈で沸かした湯を湯桶に入れるだけかと思っていました」

「駿太郎さんも知らねえことがあるだな。湯桶より窯が低いところにあるのが分かるだか。薪を注ぎ足し注ぎ足ししてな、桶の中の鉄の管を通して湯を温めていくだ。火のそばが仕事場の窯番は夏は大変だがよ、こげな雪の日は極楽だ。もっとも大雪は滅多にねえ、何十年ぶりだかね」

「そうか、百助さんの苦労があるから私どもは湯に入れるのですね」

と応じながら駿太郎は二間半の赤松を橇まで転がしていき、根元を抱え上げて載せようとした。

「駿太郎さん、わしが反対側を持ち上げるだ、ふたりで抱え上げるべえ」

と百助が言い、ふたりは赤松をなんとか橇に載せた。

「百助さんは力が強いですね、歳は父上より上ですか」

「おお、酔いどれ様より三つ四つ上だ。上州の山育ちだべ、力仕事は慣れてるだ」

「木を扱うコツを承知ですよね、なんでも力ずくではダメですね」

「そうだな、山も木も気長な付き合いが要るだよ」

「いかにもさようです」

橇に載せた赤松を縄で括り、駿太郎が橇につけた縄を引っ張り、百助が後ろから押した。こうして切り分けた赤松の倒木を納屋へと運び込んだ駿太郎は、朝餉のあと、一尺三寸余の長さに大鋸で切り分け、薪の太さに斧で割ることにした。

こんな作業が大晦日の夕方まで続き、赤松の薪で沸かした湯に駿太郎は小籐次といっしょに入った。

「おお、赤松で沸かした湯は肌に優しいな」

と小籐次が感嘆した。

「気持ちがよいものですね。これまで湯は勝手に沸くものだとばかり思うておりました。百助さんの働きのお陰で私どもかような湯に入っていたんだ」

「なんでも仕事となると容易いものではないわ」

「はい」

と答えた駿太郎が、

「今年もあと三刻（六時間）で終わりです」

「駿太郎は十四歳になるか」

「はい」

と返答をする駿太郎に小籐次はしばし沈思していたが、

「どうしたものかのう」

と独白するように呟いた。

「なにをどうすると申されますか」

「うむ、元服《げんぷく》じゃ」

「どなたの元服にございますか」

「決まっておろう、駿太郎、そなたの元服よ」

「私が元服ですか、そんなこと考えもしなかったな。そうか、元服か、父上、元服には習わしがございますので」

「大名家や旗本の屋敷では、早くて十二歳、遅くとも十六歳で角前髪《すみまえがみ》を、つまり前髪を落として月代《さかやき》に致し、袖止《そでとめ》をなす儀式を行うそうだ」

　駿太郎は小籐次が不意に言い出したことに応える言葉を持たなかった。それでも小籐次がこの一件を考え込んでいるので、

「私が大人になるということですね」

　と念押しした。

「そなたは形が大きいで、いまさら元服をなすなど考えもしなかった。じゃが十四歳になるとなればそのことも考えねばなるまいな」

「前髪を落とすのは床屋にて行いますか」

「いや、元服には加冠《かかん》つまり烏帽子《えぼし》親に願って、それなりの儀式が催されような」

「父上もなされましたか」

「わしか、どうであったかのう、遠い昔のことよ。なにしろ下屋敷の厩番の倅じゃからな、下屋敷用人高堂伍平どのが烏帽子親になり、前髪を剃っただけでな、亡父と用人どのが酒を酌み交して終わった覚えがある。じゃが、駿太郎、そなたの場合、実父は老中青山様の家臣であった須藤平八郎どのだ。公方様も承知のそなたが、わしと同じ元服の儀でよいものかのう」

と小籐次が考え込んだ。

「厄介ですね、私は元服などせず、このままでも構いません」

「わが家は研ぎ屋じゃが、おりょうの家は将軍家に仕える歌人の家系じゃ、この一件はわしには決められぬ。おりょうに相談してみようか」

ということになり、ふたりは長湯を終えた。

親子がさっぱりとした顔で母屋の囲炉裏端に行くと兵吉が姿を見せていた。

「長いお湯でございましたね」

とおりょうが小籐次に質した。

「うむ、思い付いたことを駿太郎と話していたでな、長湯になった。おりょう、百助老と駿太郎が倒木で沸かした湯に入ってこよ、よい湯加減じゃぞ。そのあと、わしの思い付きを相談致すでな」

「おまえ様、大晦日の思い付きとは厄介ごとですか」

とおりょうが気にした。

「まあ、湯に入ってきなされ。そうじゃ、お梅もおりょうといっしょに入ってこぬか」

と女ふたり、おりょうとお梅を湯に行かせた。

「なにやら大変なことか、駿太郎さんよ」

と兵吉が問うた。

「さあ、どうでしょう。大変なこととも思えませんが父上は母上のお知恵を借りたいそうです」

「ふーん、この雪以上に大変なことだとしたら厄介だな」

「兵吉さん、やはりお客さんは少なかったですか」

駿太郎が話柄を変えた。

「おうさ、こんな大雪が降り続くことは滅多にないや。稼ぎ時の師走から正月にかけてこの大雪だ、全く船宿の舟は動かないねえ。どうあがいても仕方ねえやな」

とぼやいたが言葉ほど深刻という表情でもない。

「雪が止んだらな、赤目様の一家とお梅を神田明神の初詣に誘おうと望外川荘に来たんだがよ、どうも雪が止む気配はねえな」

と兵吉が言った。

「兵吉さん、雪は今晩じゅう残りますよ。まず初詣は明日以降ですね」

と応じた駿太郎が、

「父上、お酒を飲まれますか、私が燗をつけます」

「いや、待とう」

と小籐次はきっぱり答えた。

「やっぱり厄介ごと《ご》だぞ」

と兵吉が独り言ちた。

おりょうとお梅が湯から上がってきた。

「兵吉、そなたも百助老と湯に入らぬか。今晩、船宿に帰る要はあるまい」

「酔いどれ様よ、おれは一応船頭だからな、今晩じゅうに船宿に帰る。湯に入った体を冷やしたくはない」

と兵吉は断わった。

囲炉裏端に集まり、酒の仕度がなされた。

「最前の話、なんでございますか、わが君」

「おお、それだ。そろそろ駿太郎の元服を考えてよかろうと湯のなかでふと思い付いたのだ」

「年の瀬に駿太郎の元服を思いつかれましたか」

とおりょうがしばし沈思し、自らを得心させるように頷いた。

「駿太郎は明日になれば十四歳、またこの体付きです。いつまでも前髪姿はおかしゅうございましょうね」

「であろう。となると烏帽子親をどなたかに頼まねばなるまい。どうしたものかのう」

と小籐次がおりょうに問うた。

「天下の赤目小籐次の嫡男でございます。然るべきお方にお願いせねばなりますまい」

「研ぎ屋爺もあちらこちらに知り合いができて、容易く決めるわけにはいくまい。そこでな、おりょう、舅《しゅうと》どのに願ってお知恵を借りることはできぬか」

「父上に相談せよと申されますか。さようですね、わが君は公方様を始め、御三家水戸様、老中青山様と武家方は多彩なお方と知り合いです。あちらを立てればこちらが立ちませぬ。父のような政《まつりごと》とは無縁の御歌学者に相談するのはよいかもしれませぬ」

「ならば年明けにも北村家を年賀の挨拶を兼ねてお訪ねしようか」

と夫婦の間で相談がなった。

「父上、母上、私の元服はそれほど大層なものですか」

「うーむ、わしの折とは違うでな。ともかく舅どのに相談申し上げようではないか」

話を聞いていた兵吉が、

「おい、お梅、赤目様とおりょう様が口にしている公方様とは、どなた様かの綽名《あだな》のことだよな。研ぎ屋の父子が将軍様と知り合いというわけもないよな」

「従兄《あに》さんに話したことがなかった」

「聞いたことはあったかもしれねえな。だがよ公方様というのは千代田の城の主様にして三百諸侯を束ねる征夷大将軍だぞ。そんなえれえお方とこの囲炉裏端の夫婦が知り合いだとか、お梅から聞いていても、冗談だと受け流していたのよ」

「従兄さん、それが知り合いなの」

「真か、嘘だろう」

と兵吉が喚いた。

「ああ、虚言じゃ、お梅がそなたをからかっておるのだ」

「そうだよな。お梅のやつ、おれを驚かせやがる。ともかくさ、駿太郎さんが元服だかなんだかするのにそう大げさにすることもあるまい。ほれ、芝口橋界隈の床屋でよ、ちょこちょこと前髪を剃ればいいじゃないか」

「そうですよね」

兵吉の言葉に駿太郎が賛意を示した。

「だけどよ、駿太郎さんが月代か、あんな頭になる姿はどうもぴーんとこねえな。十三、十四の前髪でよ、強いから赤目駿太郎らしいんだよな、大人になったらよ、もうおれなんぞと付き合ってくれないんじゃないか。でえいちよ、久慈屋の店先で研ぎ場に座って裏長屋のおかみさん連のがたぴし包丁を研いでいいのか」

兵吉は元服後の駿太郎の形がどうも想像できないらしくあれこれと抗った。

「ご心配なく、兵吉さん。赤目駿太郎は、元服しようと前髪だろうと赤目小籐次とりょうの倅に変わりありませんからね。これからも久慈屋の店先で研ぎ屋稼業を続けます、よろしくお付き合いください」

と答えた駿太郎が、

「母上、お梅さん、そろそろ年越しそばを食してもいいのではありませんか」

と催促し、

「おお、いつも腹を減らしているのが駿太郎さんだよな」

と兵吉が安心したように応じておりょうとお梅が年越しそばの仕度にかかった。

「父上、お酒をよくも我慢なさいましたね」

「そなたの元服は須藤平八郎どのと約束したわけではないが、わしが赤子の折から育てた以上、最後の手伝いかと思う」

「元服したら、桃井道場の年少組でいていいのかな」

「森尾繁次郎も清水由之助も明日には十五歳となる。ふたりは年少組をぬけるのではないか、つまりふたりもそなたと同じ時期に元服することになるかもしれぬな」

「繁次郎さんも由之助さんも私といっしょに大人になりますか」

駿太郎は元服するのがひとりではないことで、なんとなくほっとしたような表情をした。

「父上、桃井先生に元服しても年少組でよいのか、お尋ねします」

「桃井道場の年少組は元服とからみがあるかどうか相談するのがよかろう」

「なんだか元服って厄介ですね。私は来島水軍流の剣術家にして研ぎ屋の倅で十分なのですが」

と駿太郎がいうところにおりょうがちろりに燗酒を入れて囲炉裏端に運んできた。

盃は三つ用意されていた。赤目夫婦と兵吉の分だ。

「父上」

　と駿太郎が文政九年の最後の酒を三人の大人の盃に注いだ。

「元服するとさ、大人になったということだよな。ならば駿太郎さんも酒を飲んでもいいんじゃないか」

「兵吉さん、元服しようとどうしようと、酒を飲む気はありません。酒は父上にお任せです」

　と言い切り、お梅が蕎麦を運んできて雪の大晦日の夜が静かに更けていった。

二

　番傘を差した駿太郎はクロスケとシロを伴い、わずかな酒に酔った兵吉を船着場まで見送っていった。

「大丈夫ですか、私が櫓を漕いで送っていきましょうか」

「駿太郎さん、おれは船頭だぞ。酒を一斗五升も飲んだわけじゃないからな」

　小籐次がその昔、柳橋の万八楼の大酒の催しで三升入りの大杯に五杯飲んだと聞かされた兵吉はすぐに盃を囲炉裏端に置いた。そのあと、

「一斗五升、三升入りの大杯で五杯」

と幾たびも繰り返して、酒を蕎麦に替えた。

「駿太郎さんさ、おめえさんも大変だな。赤目小籐次様の倅ということは大人になったらよ、酔いどれ様の名も継ぐことにならないか」

「兵吉さん、私の父は赤目小籐次ですが父は父、私は私の道を探りさぐり歩いていきます。ご心配なく、赤目駿太郎が一斗五升の大酒飲みになるとも思えません」

と笑った。

そのとき、浅草寺の鐘撞《かねつき》堂から打ち出される除夜の鐘の最初の音が川面を渡って響いてきた。

「兵吉さん、百八つの鐘の音を聞きながら横川に帰るんだね、きっと新しい年はいいことがありますよ」

「いいことな、なんだろうな」

「そうですね」

と応じた駿太郎が間をあけた。

「兵吉さんはお梅さんが好きなんですよね」

「どうしてよ、お梅とおれは従兄妹同士だぞ」

「いつか母上が言いましたよね、従兄妹同士でも好きになり祝言を上げる人がいるって」

「ああ、おりょう様がそういったな」

「あのとき以来、兵吉さんはお梅さんを見直したんじゃありませんか」

「駿太郎さんがもうすぐ十四歳とはどうしても思えねえ」

「致し方ありません。なにしろ養父は赤目小籐次、養母は歌人のりょうですから」

駿太郎の言葉を聞き流した兵吉が不意に質した。

「駿太郎さんよ、お梅に好きな男がいると思うか」

「おりますよ」

しまった、遅かったかという顔を兵吉がした。しばし無言だった兵吉が、

「夜の雪を見ていたら酔いが覚めたぜ」

と船着場の下に入れていた猪牙舟を引き出すと手際よく舳先を巡らした。

「兵吉さん、お梅さんが好きな人の名を聞かないんですか」

「聞いてもしょうがないや」

「そうですか」

と応じた駿太郎も間をあけて、

「兵吉っていう船頭さんなんだけどな」

とぼそりと言った。

「おおー」

と叫んだ兵吉が、

「駿太郎さん、未だ元服前の子どもだよな。大人をからかうんじゃないぜ」

「他人様をからかう真似は嫌いです」

「そ、そうか、来年もよろしくな、駿太郎さん」

「こちらこそ、よい年を」

と言い合って急に元気になった兵吉の猪牙舟が湧水池に降る雪のなか、隅田川へと向かって小さくなっていった。

駿太郎は浅草寺の方角を見て、合掌した。

囲炉裏端に帰るとおりょうとお梅は二度目の湯に入っているという。

「戻ったか、兵吉は」

「はい、急に元気になって戻られました」

「元気になっただと、浅草寺の除夜の鐘を聞きながら船宿に戻るからかのう」

「違います」

「酒の酔いが覚めたせいか」

駿太郎が首を横に振って経緯を告げた。

「そうか、このところようちに来ると思うたら、わが家族よりお梅目当てであったか」

と小籐次が得心したように頷いた。

「お梅にはこのことを告げる気か」

「いえ、私の口から話す気はありません」

「それがよかろう。当人が悩んでなやんで口にするのが恋情よ、それがほんものの恋慕よ」

「私、先走りましたか」

「まあ、男のほうが初心《うぶ》ゆえな、それくらいの勇気を授《さず》けてもよいかもしれん」

「父上も悩んだのですね」

「おお、いつもいうように歳も違えば出も異なり、なにより見栄えは比べようもないでな」

「でも、ただ今は幸せなのですね」

「悩みになやんだゆえな、これ以上の幸せはあるまい」

と言い切ったとき、おりょうとお梅が二度目の湯から上がってきた。

「いい湯加減でしたよ。湯で聞く煩悩の鐘の音はなんとも風情がございます。雪のせいでしょうか、しめやかな音色です」

と言ったおりょうが、

「おまえ様、悩んだとは、幸せとはなんでございますか」

「聞こえたか、あれは男同士の秘密よ」

囲炉裏端に座ったおりょうがなんとなく察した風情で微笑み、

「私も同じ気持ちです」

と言い添えた。

「なにやら知らぬが、駿太郎、湯に入らぬか。そなた、船着場まで兵吉を送ったゆえ体が冷えたであろう」

とおりょうの返答が分からぬふりをした小籐次が誘った。

雪は文政十年（一八二七）の正月元旦も降り続いていた。

駿太郎は朝稽古ができそうにないので菅笠と蓑を被り、藁沓を履いて倒木を橇に載る程度の長さに大斧で切り割って納屋に運び、風呂用と台所用の薪の長さに鋸で挽き切り、斧で割る作業を稽古代わりに続けた。

その音に納屋の部屋に寝ていた百助が起きてきて朝風呂の用意を始めた。

「百助さん、この雪はいつまで続きますかね」

「雪国でもねえのによ、年末から新年まで雪が降り続くなど、わしには覚えがねえだ。なんぞ大異変が見舞わなきゃあいいがな」

と応じたものだ。

ふたりは各々の作業に没頭した。


小籐次は、未だ床のなかで元旦の武家方の行事を思い出していた。

元日の朝、六つ半（午前七時）には御三家、御三卿、徳川一門、譜代大名などが登城し将軍に年始の御礼言上をなす。二日目も格式や身分に分けられて登城し、三日目は江戸町年寄なども参上した。

年頭の将軍への拝賀は、年中行事のなかでももっとも重要で欠かすことのできないものだ。この雪のなか、登城する御三家や譜代大名など家臣団の前夜からの仕度と登城の難儀を思った。

駿太郎は納屋の土間で薪造りを続けていた。

(元服か、武家奉公に関わりが生じると厄介だな)

と思いながらひたすら斧を振るった。昨日、その手順を覚えたゆえ無心に作業は続けられた。

母屋でもおりょうとお梅が起きた気配があった。

「駿太郎さん、昨夜遅くまで窯に薪をくべていたで、もはや湯に入れますだ」

と百助が言った。

「父上と母上に知らせてこよう」

駿太郎が母屋に行ってその旨をお梅に告げた。

「おりょう様は起きていられますが、旦那様は未だ床のなかだそうです。この雪では年賀どころではありませんしね、寝正月もいいかもしれません」

と応じたお梅が、

「駿太郎さん、新年明けましておめでとうございます」

と年賀の挨拶をなした。

「お梅さん、おめでとう」

と挨拶を返した駿太郎は納屋にはもどらなかった。

二匹の犬を連れて木刀を手に庭に出て、積雪のなかで木刀の素振りを始めた。頭に菅笠だけをかぶって稽古着姿での素振りだ。

クロスケもシロも庭の一角で用を足すと二匹でじゃれ合って駆けまわった。それにしても年末からの雪続きだ。

登城の合図の太鼓の音を聞きながら、駿太郎はひたすら木刀を振るい続けた。足元の雪が固まると雪の上でも素振りならばできた。

半刻も素振りを続けると汗をかくのが分かった。

庭に面した雨戸が開けられ、縁側に立った小籐次が駿太郎の素振りを見ていた。どうやら寝床から出たばかりらしい。が、すぐに姿が消えた。

久慈屋から頂戴した鏡餅を飾った神棚の前で父と思しき柏手を打つ音が響いてきた。神棚の榊は昨夜のうちに替えてあった。

ふたたび姿を見せた小籐次に、

「どうだ、駿太郎。夕べから風呂に入ってばかりじゃが、最前から素振りをしたそなたは汗を搔いておろう。湯に入らぬか」

と声を掛けられた駿太郎は素振りを止めて納屋に戻った。

着替えを抱えた小籐次が、

「われらと違い、御三家などの武家奉公は大変じゃのう」

と口にした。

「大晦日からご家来衆は一睡もしておられませんよね、年賀登城が無事にすまぬと正月もなにもありません。父上、私、元服しても研ぎ仕事を続けます」

「武家奉公はしたくないか」

「父上もお止めになりましたよね」

「おお、下屋敷の厩番とはいえ代々大名家に奉公していたゆえ、少しばかり武家方の苦労が察せられる。研ぎ仕事だけではな、大名や旗本衆の苦労は分かるまい」

「私にも奉公をせよと申されますか」

「さあてのう」

と言い合った父子は百助が沸かした湯に入ることにした。

「望外川荘の湯船に浸かれる暮らしは贅沢の極みじゃな。御三家御三卿を始め、譜代大名方の家来方は大手門外で寒さに震えておられよう」

「青山のお殿様も元日登城ですね」

「ああ、老中職のうえに譜代大名ゆえ本日の登城じゃな」

と言い交わした父子はかかり湯をつかい、湯船に浸かった小籐次が、

「極楽ごくらく」

と思わず漏らした。

ふたりのあとにおりょうが入り、座敷に席を設けて御節振舞で正月を祝おうかと四人が席についた折に、

「ご免くだされ」

と恐縮した声が望外川荘の玄関から聞こえた。

「元日のこの刻限、どなたかのう」

「父上、声からして近藤精兵衛様です」

「なに、南町定町廻り同心どのか。本日は年賀登城の警護にあたられているはずじゃがのう」

と首を傾げた小籐次が立とうとするのを、

「近藤様かどうか私がお会いしてきます」

「厄介な用事でなければいいが」

と言った小籐次が、

「玄関先の話では済むまい。話次第では台所の囲炉裏端に通せ。舟であれ徒歩であれ、寒かったであろう」

と駿太郎に命じた。

駿太郎が玄関に出てみると、南町同心だけではなかった。どこぞの大名家の家臣といった形の、緊張した顔の武家がともに立っていた。

「やはり近藤様でしたか」

「元日というのは承知しておる。駿太郎さん、こちらのお方は、出羽米沢新田藩一万石の御用人三方原次郎左衛門《みかたがはらじろうざえもん》様と申される。いささか赤目様に相談がござってな、元旦にも拘わらず参上した。少しばかり時をかしてくれぬかと、赤目様にお尋ねしてくれぬか」

と近藤がほとほと困惑したという体で駿太郎に願った。

「近藤様、台所の囲炉裏端でようございますか。あそこのほうが外から見えた方にはよかろうと父が申しておりました」

「おお、お会いくださるか。囲炉裏端にて結構でござる」

と三方原用人が言った。

ふたりを台所の囲炉裏端に通すとすでに小籐次は座敷から場を移して待ち受け

ていた。

近藤精兵衛が、

「赤目様、真にもって申し訳ございませぬ」

と詫びた。

「急用ゆえお出でになったのであろう。話を聞こうか」

と小籐次が即座にいい、駿太郎が、

「父上、それがし、あちらにて控えております」

と座敷に行きかけると、近藤同心が、

「駿太郎さん、この話、先の騒ぎに関わる話でござってな、つまりは駿太郎さんが成敗された野尻誠三郎、そして井上真改に関わる話ですぞ、お聞きになりたくはございませぬか」

と言い出した。

駿太郎は小籐次の顔を見た。頷いた小籐次が、

「おりょうにこの旨伝えてこちらに戻ってこよ」

と命じた。

駿太郎が戻ってきて囲炉裏端に四人が顔を揃えた。

「近藤どの、井上真改は南町奉行所にあろう。まさか紛失したということではなかろうな」

「赤目様、それがいささか厄介な話でございまして。まずこちらにおられるお方は出羽米沢新田藩の御用人三方原次郎左衛門《みかたがはらじろうざえもん》様と申されます。これからの話は三方原様から直にお聞きくだされ。それがし、船中でも重ねて話を聞き申したが、なにがなにやら分かりませぬ」

と近藤同心が同行者に説明を委ねた。

「赤目様、米沢新田藩の江戸屋敷は、本藩米沢の中屋敷の一部を借り受けておりましてな、享保四年（一七一九）二月、五代の上杉吉憲《よしのり》様が実弟の勝周《かつちか》様に一万石を分け与え、公儀も別藩として認知されております る」

三方原用人がぼそぼそと出羽新田藩の創家の経緯を語った。

小籐次も駿太郎も話の先を推量もできなかった。

「偶《たま》さか読売を読み、かつ南町奉行所が一口の井上真改を預り持っていることをさる筋からそれがし、聞き及びました。元日とは存じたがここにおられる近藤精兵衛どのがその一件に関わっておられると知り、お会い致して井上真改を南町が入手した経緯をお話し願えぬかと頼んだところ、確かに井上真改は、南町にて預っておるが、その一剣は上方のさる大名家の持物であるやもしれぬ、その調べを為しておるとの返事にござった」

そこへお梅が茶を供しに姿を見せた。その間、一同の話が中断した。

小籐次は元日早々に小藩とはいえ、用人が町奉行所の近藤と会った曰くをあれこれと考えたが、全く頭に浮かばなかった。お梅が去った後、ふと気付いて小籐次が質した。

「まさかご当家は井上真改を所蔵しておられるか」

「は、はい。所蔵しておりました」

と三方原用人が答えて、近藤同心の顔を小籐次が見た。

「当藩が所蔵していた井上真改は、本藩から新田藩が分知された折、本家の吉憲様が勝周様に授けられた刀でござった。新田藩の家臣の大半は、上杉宗家と分家の絆を表す宝刀、井上真改を当藩が所蔵していたなど、いまや承知しておりますまい。それが新田藩の陣屋の武具蔵から消え申した」

「消えた、と申されると盗まれたということですかな」

「騙しとられたというべきか」

「相手が分かっておりますので」

「はい、相良大八なる者に騙しとられたのです」

「なにっ、相良大八とな」

小籐次が近藤同心の顔を見ると、厄介な話でございましょうという表情で頷いた。

「二年前、それがし、国許では武具方も兼任する上士にござった。また宗家上杉城下の一刀流と林崎夢想流の居合道場の門弟にござった。その師範を務めていたのが相良大八なる人物にござる。形は小さいがなかなかの腕前でありましてな、この者がある折、わが自慢の一剣にござると見せたのが井上真改であった。それがし、驚いて『当家にも井上真改がある』とついもらしてしまったのがそもそも間違いの発端にござる。ふたりだけで二振りの井上真改を見せ合うという、愚かな所業をしてしまいました」

「一度だけでございましたかな」

「そ、それが三度《みたび》もお互い真改自慢を繰り返しました」

と三方原用人は、悄然と肩を落とした。

「新田藩の井上真改は、どのような拵《こしら》えにござったか」

「刀簞笥に保管しておりましたゆえ、白鞘でござった」

「それを相良なる詐欺師に騙しとられましたか」

「当家の井上真改と同じ拵えの白鞘の刀とすり替えられたのでござる。そして相良大八なる者はあろうことか、道場主を手にかけて米沢城下から早々に姿を消しました」

その折の衝撃を思い出したか、囲炉裏端というのに三方原用人はぶるぶると肩を震わせた。

「で、三方原様はこの一件、藩や宗家に伝えられましたかな」

「いえ、とてもさようなことは」

この一件を藩に報告すれば、当然三方原家は断絶、身は切腹を命じられるだろう。

「報告できなかったと申されるか。どうなされた」

「相良がすり替えた偽の井上真改を武具蔵の刀簞笥に仕舞いました。あの真改が人目にさらされることは滅多にございません。それがし、江戸藩邸の勤番を願い、なんとしても相良大八をそれがし一人《いちにん》にて捜し出そうと決意しましてな。相良は必ずや江戸にて井上真改を刀剣店に売り払うであろうと愚考しました。それがしの江戸勤番が決まったのは半年前のことでござった」

「三方原様、相良大八の正体をご承知ですかな」

「なんでも上方筋の譜代大名の家臣であったが、武芸者になりたくて藩を辞したというておりました。そういえば言葉遣いに上方の訛りがありましたな」

「相良大八は、元は譜代大名尼崎藩松平家家臣で武具方、野尻誠三郎が本名じゃそうな、その者の行方を突き止められましたかな」

「いえ、未だ」

三方原は否定したが、すでに相良の本名は承知しているようであった。

「三方原様、もはや野尻誠三郎には会えませぬ」

と近藤同心が断言した。

「なぜでござろう」

「こちらに座す赤目小籐次様の嫡子駿太郎どのとの真剣勝負にて斃された。もはやこの世の者ではござらぬ。それがし、その勝負に立ち会いました」

とこれまでの経緯を告げた。

「なんとあの相良をこの倅どのが、おいくつか」

「十四歳になりました」

と駿太郎が答えるのに、三方原が驚きの顔を見せて何か言いたげであったが、

「となると新田藩の宝刀井上真改は闇に消えもうしたか」

と近藤同心が話柄を戻した。

「いえ、新田藩の真改がどこにあるかおよそ分かっております」

三方原用人が思いがけないことを告げた。

「うむ、新田藩の真改のありかを突き止めたと申されるか」

「はい。ゆえに正月にも拘わらず近藤同心に面談したのでござる。まさか赤目小籐次様の嫡男があの相良大八、いや野尻誠三郎ですか、あの者を斃したとは信じられぬ」

三方原は藩の宝刀を騙しとられた当人にも拘わらず、未だ野尻と駿太郎の勝負にこだわっていた。

「さような事より新田藩の所蔵していた井上真改がどこにあるか教えてくれぬか」

小籐次の問いに三方原は懐から油紙に包んだ書状を出して一同に見せた。

三

四半刻後、米沢新田藩上杉家の江戸藩邸用人三方原次郎左衛門は、待たせていた猪牙舟でひとり先に望外川荘をあとにした。

残った南町奉行所定町廻り同心近藤精兵衛は、改めて囲炉裏端に元日の御節振舞を移して赤目一家と祝うことになった。

小籐次と近藤は、屠蘇《とそ》を飲み、御節料理を食しながらの話になった。

「年末には難波橋の秀次と子分がこちらに泊まり、元日早々にはそれがしが野暮用を持ち込みまして、どう釈明してよいか分かりません」

と近藤同心は三方原用人がいなくなった今、恐縮していた。正直なところ用人といっしょに江戸に帰りたくなかったらしい。

「年末年始に雪が降りおる。御三家を始め御礼登城の大名方に比べれば火の傍におられるだけでも極楽じゃ、かような正月もあるということよ」

と答えた小籐次らの前に三方原用人が置いていった一通の書状が残されてあっ

た。

書状は米沢城下、一刀流と林崎夢想流居合術の町道場主伊牟田源五郎気付で、相良大八に宛てられたものだった。だが、相良は伊牟田を殺して逃亡中なのだ。なにより書状は飛脚便ではなかった。道場の式台にいかなる手立てでか、誰も知らないうちに投げ込まれたものだ。致し方なく師範頭の池上四之助が手にした。

「どうしたものかのう、相良宛ての書状」

池上は、その書状の扱いについて三方原に相談を持ち掛けた。三方原が相良と付き合いがあったことを承知していたからだ。

「師範頭、それがしが預かろうか」

と三方原が即答した。

「そうか、そうであるな。師匠を殺めたあやつ宛ての書状など、成り行きからいっても、うちで預かるわけにはいかぬ。三方原どのに預けるのがなによりであろう」

相良に宛てられた書状を受け取った三方原は、

「師範頭、このことだれにも話さずに極秘に願いたい」

と懇願した。

三方原にとってそれは相良に再会し、真改を取り戻す唯一無二の手がかりだった。

書状の差出人は江戸南鞘町の刀剣商候《そうろう》や五右衛門《ごえもん》であった。差出人が候やなる刀剣商と知った近藤精兵衛は、

「なんと候やと相良大八こと野尻誠三郎は付き合いがございましたか。今になってみると、この江戸で刀剣愛好家の野尻が密かに付き合う相手は候や五右衛門しかございますまい」

と驚きの表情を見せた。

むろん三方原も江戸に着くなり書状の差出人の候やを訪ねていた。だが、候やは強かにも相良大八のことも井上真改の一件も知らぬ存ぜぬで押し通したという。そして、進退きわまった三方原が読売を見て南町奉行所に近藤同心を訪ねることになったのだ。

「赤目様、候やなる奇妙な屋号は、刀の拵え扱い候という屋号を縮めて、『候や』と称しておりますが、刀の拵えの他に刀剣の売り買いをしている商人にございます。この候や、いろいろと悪名がございましてな」

「ほう、南鞘町にさような刀剣商がいたか」

「赤目様もご存じありませんでしたか」

「わしは一介の研ぎ屋じゃぞ。まあ、虚名が知られているで、刀は差しておるが、名鍛冶が鍛造したという刀にはさほど関心がないでな。わが先祖が戦場から拾うてきた無銘の刀が備中の刀鍛冶次直《つぐなお》らしいと知ったのは、いつのことか。亡父かしわしがもらいうけた時には知っていたが。この刀一本がわしの生涯の愛刀であろうよ」

「弘法は筆を選ばずと申しますからな」

と近藤が珍しく追従《ついしょう》を言った。

小籐次は聞こえなかった振りをして、

「候やなる刀剣商は、無銘の剣など扱わぬであろうな」

と尋ねた。

「いえ、候やの当代五右衛門はなかなかの目利きと聞いております。ただし南鞘町の店は、表ではのうて、裏路地にありましてな、盗みなどで持ち込まれた刀を安く買いたたきまして、それなりの刀は何十倍もの値でその筋に密かに売り払う類の商いをしております。たとえば、赤目小籐次様の差し料ならば無銘なりとも、赤目様の腰にあった一剣と触れ込んで高値で売りましょうな。野尻が駿太郎さんの腰の刀を孫六兼元と承知していたのは、候や五右衛門から聞き知ったからですな」

と推量を述べた。

「あやつ、わしら親子を承知で、最初から駿太郎の孫六兼元を狙ったというか、近藤どの」

「とぼけた振りをしていたようですが、騙しも剣術もなかなかの遣り手ですな。ただしこたびばかりは赤目小籐次直伝の来島水軍流に加えて、駿太郎さんの若さを甘く見て命を失いましたな」

しばし囲炉裏端を沈黙が支配した。

「刀が商いの品になりますか」

駿太郎がぼそりとだれにともなく尋ねた。

「和刀は長崎や琉球におる異人たちがそれなりの値で買い求めると聞いております。候やも長崎会所の商人を通じて異人に売り払っておるようです」

「驚いたな」

と小籐次がもらしたが、さほど驚いた口調ではなかった。

「で、米沢新田藩上杉家の家宝の井上真改じゃが、三方原用人も近藤どのも候やにあると見たか」

「そこです。新田藩から騙しとった真改ですが、野尻誠三郎は必ずや候やに見せておりましょう」

「売り払ったということか」

「いえ、それがしが調べるかぎり野尻誠三郎は銘刀の凝《こ》り屋です。井上真改は駿太郎さんと立ち合った段階では二本とも野尻が持っていたものと思えます」

「となると新田藩上杉家の家宝はどちらにあるな。野尻に雇われた三人が住まいを承知しておったか」

「いえ、野尻はあの三人に大事なことはなに一つ教えておりません。駿太郎さんの技量を試すためにわずかな金子で雇った輩ですからな」

「それでは三方原次郎左衛門用人は腹をかっさばくことにならぬか」

「このままではそうなりますな」

と近藤が言った。続けて、

「それがし、候や五右衛門が二本の井上真改を所持している野尻の隠れ家を用意していたと見ましたがな」

「ほう、それで松の内明けまで待たれよと用人どのに言うて、先にここから戻したか」

「まあ、そんなところです、赤目様」

と近藤が経緯を述べた。

「で、近藤どのは松の内明けまで待つ心算か」

と小籐次が質した。

「雪の三が日にあちらに出向いていただくのは恐縮です」

「近藤どのはわしを候やに引き出そうという所存じゃな」

「この類はわれら役人など、なんの役にも立ちませぬ。しかるべき筋に金品を配っておりましょうからな。どの刀についても仕入れ先は知らぬ存ぜぬを押し通すうちに城中の上つ方から放免の命が舞い込むというわけです」

「わしとて役に立つとは思えんがのう」

「赤目様、未だ一本の井上真改、菊紋真改は南町に保管してございます。もう一本の、そう出羽米沢新田藩の真改と並べてみるなど、それがしのような町奉行所の同心風情には思いも及びませぬ」

と言った近藤が、

「どうだ、駿太郎どの、二口の井上真改を見てみたいと思いませんか」

と駿太郎を唆《そそのか》した。

「ふっふっふ」

と微笑んだのはおりょうだった。

「おまえ様、年末年始雪が降ったとは申せ、何日も望外川荘におられるのはお飽きになったのではありませぬか」

「わしに候やに顔を出せと申すか、おりょうの傍に何年いようと飽きることはない。それにしても妙な年の瀬と思うたが、新春になっても未だ続いておるか」

「あり難き幸せにございます」

と残っていた盃の酒を飲みほした近藤が、

「元日早々にこれ以上長居したのではおりょう様に嫌われます。それがし、これにて失礼します」

と立ち上がり、

「蛙丸でお送りします」

と桃井道場の兄弟子に駿太郎が申し出た。

「駿太郎さん、お心遣いだけ頂戴します。あの用人どのと帰り舟もいっしょかと思うと、辛気臭うございますでな、秀次の子分に猪牙で迎えに来させております」

と近藤がいい、

「近藤どの、初商いは二日と決まっていよう。明日の昼前に久慈屋に参る」

「恐れ入ります」

と近藤が頭を下げた。

船着場に近藤を見送った駿太郎が囲炉裏端に戻ってみると、

「赤目小籐次様と暮らしておると退屈だけはしませぬな」

とおりょうがいい、

「金子は貯まりそうにもないがのう」

「金子など暮らしていけるだけあればようございましょう。向こうから退屈の虫を封じるお客人が参られるのです。そのほうがよほど面白うございます」

「母上、とは申せ、お客人が参られると腹が空きます。なにか甘いものはありませぬか」

「もはや内々だけ。のんびり正月を楽しみましょうか」

とおりょうが燗酒を小籐次に差し出して、赤目家の正月が改めて始まった。

翌日、雪は止んだ。

東の空から陽が上った。

久しぶりに研ぎ舟蛙丸に掛けられた古帆布を外して苫屋根の下に炬燵が置かれた。

「旦那様、おりょう様、お言葉に甘えてこれから夕刻まで実家《さと》に戻らせてもらいます」

と見送るお梅が言った。

「お土産は忘れぬようにね」

「おりょう様、うちでは食したこともないような品々、一家が喜びます」

と礼を述べた。

「お梅さん、きっと兵吉さんも顔見せに来られますよ」

「雪が止みました。兵吉従兄さんには仕事が待っています」

「そうかな、なんとなく顔出ししそうだがな」

と微笑んだ駿太郎がクロスケとシロに、

「留守番をしっかりするんだぞ」

と命じて、二匹の犬がわんわんと吠えて応えた。

駿太郎はいつもの仕事着ではなく、おりょうが暮れに呉服屋に頼んで誂《あつら》えたと思われる春らしい淡い色合いの羽織袴を着せられていた。

「母上、刀を見に行くのに羽織袴ですか」

「はい、井上真改なる銘刀に接するのです。見物する側もそれなりの礼儀が要りましょう」

とおりょうが言い、小籐次もいつもの形ではなく、裁着袴《たつつけばかま》に袖なし羽織と外着だった。

「そうか、刀鍛冶の井上真改様に敬意を表しての晴れ着ですね」

と駿太郎が得心した。

ようやく正月らしく晴れた江戸の町に初荷を載せた船がにぎやかに往来し、大川端から子どもたちが凧を上げていた。

正月の光景を見ながら蛙丸は大川を下り、日本橋川に入ると、一段とにぎやかな人混みが川の両岸に見られた。

楓川から八丁堀の河岸をかすめてアサリ河岸の桃井道場を駿太郎は見上げたが、八丁堀の与力・同心が門弟に多い、鏡心明智流桃井道場では稽古をしている様子はなかった。少しだけ安心した駿太郎が三十間堀から芝口橋際の久慈屋の船着場に着けたのは、九つ（正午）前の刻限だった。

久慈屋では初荷船に幟《のぼり》があがり、賑やかに得意先に向かおうとするところだった。

「ご一統様、おめでとうございます。初荷おめでとうございます」

と駿太郎が声をかけると何倍も大きな声が戻ってきた。

そんな祝いの声の応酬を聞いたか、河岸道に大番頭の観右衛門と、手に刀袋に入った一口の刀を下げた近藤精兵衛が姿を見せて、

「昨日は元日早々お邪魔いたしました」

と赤目一家に詫びた。

「父上は、ほんとうのところ望外川荘で退屈していたそうです。近藤様のお陰で外に出られて感謝しています。江戸の正月の賑わいを見たいという母上もいっしょに参られました」

と駿太郎がいい、苫屋根から赤目小籐次が次直を下げて、おりょうの手を引き、姿を見せた。

南鞘町の表通りには小高い山のように雪が積んであり、幅一間半余の路地は真ん中だけ雪がどけられていた。そんな路地のどんづまりに候や五右衛門という暖《の》簾《れん》がかかった店があった。

近藤精兵衛が、

「ご免よ」

と声をかけて暖簾をわけ、腰高障子を引き開けた。すると、むっ、とするような熱気が顔に当たった。

十数坪の広さがありそうな土間には火鉢が、それに続く板の間の囲炉裏にも火が熾っていた。

板の間の壁には何十振りもの大刀、脇差などが飾られて刀剣商らしい店の造りだった。ただし店番はとてもお店の奉公人とは思えない形で、やくざ者といったほうが分かりやすかった。そのうえ囲炉裏端で酒を飲んでいた。また奥の間でも正月の宴を繰り広げている気配が伝わってきた。一見すると間口は狭いが奥行きはありそうな造りだった。

「なんだよ、正月早々、一人目の客が南町の定町廻り同心かよ。うちは本日が初商いだぜ、ゲンが悪いな」

と刀剣商の奉公人が近藤同心を見ていった。

この言葉を聞いただけで候やの商いの実態が小籐次には分かった。

小籐次と駿太郎が近藤同心に続いて暖簾を潜って土間に入った。

「なに、連れがいるのか、戸は直ぐに閉めさせな。せっかく店んなかを温かくしてあるんだよ」

と奉公人が怒鳴った。

駿太郎は静かに腰高障子を閉めた。

「同心の連れか、それとも客か」

と小籐次と駿太郎に初めて視線をやって、

「うむ、待てよ。どこかで見た爺と若えのだな、客ではなさそうな」

と自問した。

「源三《げんぞう》、それがしの連れだ」

「うーむ、南町同心の連れね、正月早々なんの用だ」

「候やは刀剣商だな」

「おう、おめえさんに念を押されなくとも刀屋だ。だがよ、言っておくがうちは町奉行所の同心が持ちこむような、安物の刀の売り買いはしないぜ。なんのなにがしという銘刀だけだ、それだけに値も張るのよ。手にした刀はどこぞで拾ってきたか、なまくら刀はうちじゃ扱わねえよ、他を当たりな」

「相分かっておる、源三」

と言った近藤が、

「それがしのお連れに覚えはないか」

「刀を差しているところを見ると侍か」

「源三、おふたりの差し料の銘を聞いてみよ。刀剣商の奉公人ならば刀の持ち主がどなたか分かろう」

「なんだと、客を連れてきたか。爺さん、腰の刀はなんだ」

「備中次直、と聞いておる」

「ほう、なかなかの刀だな、本物か」

と言った源三が駿太郎に視線をむけ、

「背高、おまえさんも刀をうちで売ろうという心づもりで暖簾を潜ったか。客ならばよ、南町の同心なんぞ連れてこなくてもいいんだよ」

とすでに酒に酔っているのか、

「おれに見せてみねえ、目利きして値をつけてやろうか」

「源三、われら、刀を売る気はない。倅の差し料は孫六兼元である」

「おおー、大きく出たな、孫六兼元だとよ」

と囲炉裏端からよろよろと立ち上がりかけた源三が赤目父子を見て、

「ま、まさか、久慈屋の店先で出刃包丁を研いでいる研ぎ屋爺の赤目小籐次と倅じゃねえよな」

「いかにも研ぎ屋爺と倅じゃ」

「嗚呼ー」

と悲鳴を上げた源三が酔眼を向けてしげしげとふたりを見た。

「いつもと形が違うな」

「いかにも本日は正月二日じゃ、晴れ着を着せてもろうておるでな、仕事着ではない。酔っぱらったそのほうがわからなくても咎《とが》めはせぬ」

「咎めるだと」

と源三は酔った頭で必死に考えている風情で、

「酔いどれ小籐次がなんの用事か」

と声を低くして質した。

「過日、芝口橋際の紙問屋久慈屋に押し入った相良大八、本名野尻誠三郎はこの候やの出入り、いや、昵懇《じっこん》の間柄じゃな」

「おお、相良だか野尻だか知らねえが旦那は斬り殺されたぜ、久慈屋の店先で出刃なんぞを研いでいる若造によ。あっ、まさか相良の旦那を斬ったのはその若えのか」

「押込み強盗を成敗したのはいかにもわが倅赤目駿太郎である」

「げえっ」

と叫んだ源三が、

「な、なにしにきた、殴り込みか」

「そなたでは用が足りぬ。主の候や五右衛門どのを呼べ。いや、われらが奥に通ろう、源三、案内せよ」

と小籐次が毅然とした声音で命じた。

源三が背後の刀掛からひと振りの刀を摑んだ瞬間、草履で踏み込んだ近藤同心が刀袋のまま手にしていた刀の柄で喉元をつき、源三はくたくたと崩れ落ちた。

四

裏路地にある候やは外からは狭く見えたが、内部は広く京風の造りのようで奥行きがあった。さらに店の奥に入ると庭に面してそれなりの広座敷が並び、その二つの部屋をぶち抜いて宴の場が設けられていた。そして座敷の奥には二十畳ほどの天井の高い板の間があった。板の間は刀を遣う場として利用されていると思えた。

親父の代からの刀剣商だが商いが強引で、儲けた金子で隣接した裏長屋などを買い増して拡げたのだと、近藤精兵衛は小籐次に告げていた。

「源三、どなたかお客人か」

と大店の旦那然とした主らしき人物が店番をしていた源三に質した。だが、廊下には三人連れが佇んでいただけだった。

「うむ」

しばし候や五右衛門は不意の来客を見ていたが、

「これはこれは、珍らしきお客人かな。ご一統様、天下無双の赤目小籐次様がうちにお見えのようだ」

平然とした候や五右衛門の言葉に十七、八人の客が無言で見つめる者と、

「おおー」

と感嘆の声を上げる二派に分かれた。

無言の者たちは大身旗本や大名家の家臣と思えた。おおーと声を漏らした一派は、町人ながら刀に魅入られた好事家と思えた。

廊下に小籐次ら三人は座した。

「赤目様、なんぞ御用かな。酔いどれ小籐次様が正月の宴に誘われて候やに訪れたとは思えませぬがな」

と平静な声音で質した五右衛門の視線が近藤同心の胡坐の前に置かれた刀袋に行き、さらに駿太郎に眼差しが向けられた。

「こちらは赤目駿太郎さんですな」

「はい、赤目駿太郎にございます」

と庭に面した廊下に座した駿太郎が丁重に五右衛門に応じた。

「お持ちの一剣が孫六兼元にございますかな」

宴の席に静かな感心の呻きが広がった。

「この場におられるのは江戸でも名の知られた銘刀通、愛刀家の方々にございましてな。駿太郎さん、よければ兼元をご披露願えませぬか」

と五右衛門が言った。

「候やの主どの、私の刀は見世物ではございませぬ。お許しください」

駿太郎が候やの注文を拒んだ。

すると客のひとりが五右衛門に代わった。

「赤目駿太郎とやら、そのほうが公方様にお目にかかった折、家斉《いえなり》様より一剣を拝領したな」

駿太郎に質したのは直参旗本、いや、すでに家督を嫡子に譲った隠居と思しき年寄りの武家だった。ために正月二日の御礼登城とは関わりない身と察せられた。

「私、研ぎ屋の赤目小籐次の倅にございます。上様にお目どおりできるような身分ではございません」

「まあ、そう言わざるをえまいな。候や五右衛門、そなたの秘蔵の刀剣を入れた内蔵の刀簞笥に孫六兼元はあるか」

と大身旗本の隠居と思しき武家が五右衛門に質した。

「神保《じんぼう》のご隠居様、残念ながら」

「持たぬか」

「相良某が赤目小籐次の倅の孫六兼元に執心した曰くがわかるな」

と神保のご隠居様、と候やに呼ばれた年寄侍が言った。

「ご隠居、なんぞ曰くを承知ですかな。とは申せ、相良大八こと野尻誠三郎はすでにこの世の者ではございませんでな。この話は終わりにしませんか」

候や五右衛門はこの場では都合が悪しき話とみたか止めようとした。そして、

「代々定火消役をお勤めの神保様はすでに御役をお退《ひ》きになり、ただ今は隠居の鬼神《おにがみ》様と名を変えられ好きな刀剣の収集に熱心なお方でございます。また、刀の目利きでもございますよ」

と赤目小籐次に言い添えた。

「候や、用事がありてこちらに参ったが正月の宴の席にはいささか野暮と気付いた。また出直してこよう」

と小籐次が近藤同心に頷きかけて辞去しようとした。

「待て、赤目小籐次」

神保鬼神と候やに紹介された隠居が叫んだ。

「そのほうの野暮用とやらを聞かせよ」

しばし沈黙した小籐次が、

「ご隠居、この家の主でもなきそなた様の問いじゃが、こちらも約定もなく訪いした。ゆえにお答えしようか。

こちらに出入りしていた野尻誠三郎は『大坂正宗』の異名をもつ井上真改に魅入られた人物と聞いた。その所持なせる一本はただ今南町奉行所が東の間預かっておる」

ちらりと小籐次の視線が、近藤同心が膝の前に置いた刀袋に向いた。

「もう一振り、出羽米沢新田藩上杉家が所蔵していた井上真改は野尻誠三郎が騙しとって己のものとしていたそうな。その二つ目の井上真改じゃが、候や五右衛門、そなたのもとに預けておると野尻が身罷《みまか》る折に、駿太郎に言い残していった。で、あったな、駿太郎、近藤どの」

と小籐次が言い出した。

駿太郎はただ無言で頷き、近藤は、

「それがし、ふたりの尋常勝負、孫六兼元と菊紋真改を用いた戦いを間近に見ましたでな、野尻の遺言を確かに耳にしましたな」

と言い添えた。

駿太郎は、父も近藤同心もなにか考えあってかような言葉を弄していると思い、ひたすら無言を貫き通した。

「候や五右衛門、かような言を承知か」

「神保鬼神様、さようなことは」

「ないか。ならば野尻が死に際に妄想の如き言葉を言い残したか。あるいは近藤なる町奉行所の小役人が虚言をなしておるか」

と神保が言い放った。

「神保のご隠居、ともあれ、うちには野尻誠三郎の持物の井上真改などありませんでな。南町奉行所定町廻り同心の携えておる一振りが野尻の持物であった、菊紋真改でございましょう。神保のご隠居、そう思いませんかな」

と候や五右衛門が言ったのに、神保鬼神がにたりと笑ったのを小籐次も駿太郎も近藤同心も見逃さなかった。ただの推量か、近藤同心が自分の差し料とは別に下げてきた刀袋の中身を菊紋真改と言い切った。

小籐次はそのことには触れず、

「店番の源三に質したところ、最前神保のご隠居どのが告げられた内蔵の刀簞笥に未だあると答えてくれたのじゃがのう」

と直ぐにも判明するような虚言に虚言を重ねていた。だが、「御鑓拝借《おやりはいしやく》」以来の数多の功《いさお》しが小籐次の言葉に重みを与えていた。

「ちえっ」

と五右衛門が舌打ちをした。

「源三はうちの内情などなにも知らぬ奉公人でございましてな」

「内情を知らぬのはどうでもよいが、言動はまるでやくざそのもの、さような人物を雇っておるとはさすが巷《ちまた》で闇の刀剣商と名高い候やだな」

と小籐次が言い放った。

しばしその場を沈黙が支配した。

宴の席になんとも微妙な緊張が漂った。

長い沈黙を破ったのは神保鬼神だった。

「候や、潔く認めぬか」

「ご隠居、なにを潔く認めると申されますな」

と候や五右衛門が抗った。

「元摂津尼崎藩松平家の武具方、野尻誠三郎の菊紋真改の他、もうひと口、出羽の小藩に白鞘の井上真改があったことはこの場におる一同の大半が存じておるわ。野尻はそれを承知で出羽に出かけて、二年ほど前、首尾よくふた口目の井上真改、上杉真改を騙しとって江戸に戻って参った。あの者が自慢げにふた振りの真改を披露したのを見た者は、候や、わしだけではないぞ」

との神保鬼神の言葉に何人かが頷いた。

候やに集う銘刀の収集家たちは二口の井上真改の出自も、野尻がどのようにして入手したかも承知していた。

「ふっ」

と吐息をした候や五右衛門が、

「神保のご隠居、出羽新田藩上杉家の井上真改を私どもが一時預かったことがあったとしても、相良大八こと野尻誠三郎にすでに返していたとなれば、現在の刀のありかなど誰にもわかりませんぞ」

と言い募った。

「候や、さような虚言が酔いどれ小籐次に通じると思うてか。内蔵の刀簞笥を調べれば、候や五右衛門の所蔵の刀剣が明らかになるわ」

と神保鬼神が言い放った。

候や五右衛門が恨めしそうな顔で神保鬼神を見た。

「蔵の刀簞笥に上杉真改はあるのだな」

との鬼神の詰問に候やの主人が頷いた。

「候や、上杉真改をこの場に持ってこよ」

「どうせよとご隠居は申されますので」

「いささか考えがある。黙ってこの場はわしに従え」

と神保鬼神が説いた。

ふたりの問答を最前から小籐次ら三人は無言で見守っていた。

候や五右衛門がしぶしぶ立ち上がった。

「五右衛門、わしの従者をこの場に呼んでくれぬか」

と鬼神が話しかけ、五右衛門が、

(そういうことか)

と頷くと宴の場から姿を消した。

「近藤というたか、同心」

と鬼神老が念押しした。

「はっ、いかにも南町奉行所定町廻り同心近藤精兵衛にござる」

「そのほうの差し料とは別に刀袋の一剣を携えておるが菊紋真改じゃな」

「あの井上真改は野尻誠三郎の持物ではござらぬ、ゆえに上役に差し出してござる」

「刀袋の中身は真改ではないというか」

「それがし、ご一統方と異なり刀に詳しくはござらぬ。小板目肌詰《こいためはだつ》み、刃文は沸《にえ》深く冴えており、刃長二尺二寸九分三厘、反り四分六厘、元幅一寸二厘、先幅七分の刀身としか知りませぬ」

と刀に詳しくないといった近藤同心がすらすらと言い切った。

それを聞いた神保鬼神老がにたりと笑い、半数の者がうんうんと頷いた。

宴の場に続く板の間にひとりの武芸者が静かに座した。

そこへひと振りの白鞘の刀を手にした候や五右衛門が戻ってきて、鬼神老に差し出した。受け取った神保鬼神が、手慣れた仕草で拵えを見た。その上で白鞘から抜いて、しげしげと刀身を眺め、仲間の何人かが見入った。

「上杉真改に間違いないわ」

と鬼神が鑑定し、仲間が頷いた。

「神保のご隠居、どうする気です」

と候や五右衛門が質した。

「候や、ふた口の井上真改がこの場にある。ふたたび別れ別れにさせるのは不憫と思わぬか」

候や五右衛門が神保鬼神老を見て、ようやく神保の魂胆が分かったという体でにやりと笑った。

「ふた口の真改をかけて勝負をなし、勝ったほうが真改を得るというのはどうだ」

「おおー、赤目小籐次とご隠居の従者淵野辺与左衛門《ふちのべよざえもん》どのとの勝負ですかな」

と候や五右衛門が安堵した表情で、板の間に無言で座す武芸者を見て、小籐次に視線を移した。

「野尻誠三郎が不正に手に入れた井上真改二口をかけての勝負とな」

と淵野辺を見た小籐次が、

「お断わりしよう」

と即答した。

「なに、酔いどれ小籐次ともあろう者が尋常の勝負を拒むというか」

鬼神老が小籐次を睨んだ。

「ご隠居、そうではないか。わしとそなた年寄り同士が勝負するというのであれば、それはまた一興。じゃが、そなたの従者の淵野辺どのを代理に立てるというならば、わしも一子駿太郎を代わりに立てようか」

「なに、駿太郎はいくつなりや」

「この正月にて十四歳になり申した」

「なんと十四とな。淵野辺、元服前の子どもと立ち合えるか」

鬼神老が淵野辺に質した。

「その若武者、野尻誠三郎を斃したと聞いております。立ち合うてもようござるが、それがし、この者との立ち合いのあと、赤目小籐次どのとの勝負を願います る。それができぬというならお断わり申す」

と淵野辺与左衛門が小籐次を見た。

「畏《かしこ》まった」

と短く小籐次が返事をした。

駿太郎が兼元を手に立ち上がった。

淵野辺は未だ板の間に座したまま、

「駿太郎とやら、手の一剣が孫六兼元か」

と質した。

「いかにも兼元にござる」

「おお、孫六兼元のう」

と鬼神が破顔した。

それには答えず駿太郎が続けた。

「流儀は父赤目小籐次から伝授された来島水軍流にございます。淵野辺様の流儀をお尋ねしてようございますか」

駿太郎の問いに頷いた淵野辺が、

「比叡山の東軍僧正を開祖と仰いで川崎鑰之助《かぎのすけ》様が編みだした東軍流じゃ」

頷いた駿太郎だが、東軍流がどのような剣術か、全く知らなかった。それ以上問わなかったのは、すでに戦いは始まっていると思ったからだ。

「立ち合いの得物はなにになされますか」

「この場におられるご一統は銘刀古剣の愛好家じゃ。それがしの刀はわが主、神保鬼神様よりお借りしておる西国肥後同田貫上野介《どうだぬきこうずけのすけ》、孫六兼元とて刃は耐えられまい」

とようやく淵野辺が立ち上がって、拵えからして豪壮な同田貫上野介を腰に悠然と差した。

小籐次は端然と廊下からふたりの構えを見た。

淵野辺が古強者《ふるつわもの》であることは自信に満ちた動作から察せられた。

近藤精兵衛はまさか久慈屋での真剣勝負の数日後に再び駿太郎の真剣勝負に立

ち会うなど予想もせず、驚きと不安を抑えて両者を見た。

淵野辺は五尺七寸余ながら足腰が鍛え上げられ、がっしりとしていた。

駿太郎は未だ伸び盛りの若竹のようであった。だが、この十四歳は幾多の真剣での修羅場を潜って生き抜いてきたことを近藤は承知していた。

淵野辺が悠然と刃長二尺四寸二分五厘の豪刀を抜いて上段に構えた。

一方、駿太郎は淵野辺の同田貫上野介よりおよそ二寸短い孫六兼元を正眼に構えた。

候やの奥座敷の面々が思いがけない真剣勝負に固唾《かたず》を飲んで見守った。

両者は動かない、微動もしなかった。

長い対峙の刻が流れた。

店のほうから人の気配がし、よろよろと源三が廊下を歩いてきて、

「だ、旦那、てえへんだぞ」

と喚いた。

その瞬間、上段に構えられた淵野辺与左衛門の同田貫上野介が踏み込み様に斬り下ろされた。

駿太郎は待った。

ただその間を待った。

淵野辺の刃風を感じた瞬間、不動の駿太郎の兼元が同田貫上野介を握った左手首の腱をしなやかな動きで襲い、斬り放っていた。

「うっ」

という絶叫とともに豪剣がぽろりと板の間の床に転がった。

ぱっ
と飛び下がった駿太郎が淵野辺の動きを見て、もはや戦う意欲を失ったことを知ると、

「御免なされ」

と漏らし、右手の兼元を背に回すとつかつかと神保鬼神老に歩み寄り、床に置かれていた白鞘の上杉真改を、

「約定により頂戴致す」

と断わって摑んだ。

茫然自失していた神保鬼神老が自問するように呟いた。

「なぜじゃ、わずか十四歳の若武者に古豪の淵野辺が負けおった」

「神保のご隠居様、お分かりになりませぬか。淵野辺様は己の刀で戦われたら、

私が斬られていたかもしれません。ですが、あなた様から借用した同田貫上野介にお慣れになっていなかった上に傷をつけてはならじとのお気持ちを胸に秘めて、その分、ふだんの斬り下ろしよりも鈍い動きになったのです。剣者はいかに銘刀といえども借物では尋常に戦えません」

と駿太郎がいい、白鞘の上杉真改を手に、

すすっ

と後ろ向きに廊下に出た。

庭に視線をやった小籐次が勝負の綾には一切触れず、

「師走来の雪は止んだと思うたが、どうやらまだ降るかもしれんな」

と呟いた。

第五章　駿太郎元服

一

正月三日未明。

駿太郎は台所の上にある自分の部屋から備前一文字派則宗《のりむね》を携えて階下に下り、昨夜のうちにおりょうに用意してもらった足袋《たび》に草鞋を履いてしっかりと紐を結び、表庭へと出た。

望外川荘の庭を白一色に染めた雪は凍り、足が埋もれる心配はなかった。

則宗を腰に差した駿太郎は江戸城の方角に向かって拝礼した。

文政八年（一八二五）仲夏のある日、父の小籐次に従い駿太郎は老中青山下野守忠裕《ただやす》の案内で、江戸城表白書院に通り、十一代将軍徳川家斉《いえなり》に拝謁した。

その折、小篠次と駿太郎父子は家斉の命で来島水軍流正剣十手を序の舞より披露し、さらには家斉の近習衆の武官三人といっしょに、夏の最中の白書院に雪を降らせるという「芸」を演じて、小篠次は時服《じふく》を、駿太郎は、

「備前一文字派則宗、刃渡りは二尺六寸余と聞いておる。成人した折、この太刀を使いこなせるように父に指導を乞え」

との家斉の言葉とともに黒漆塗打刀拵えの大業物《おおわざもの》を頂戴した。

あの折から一年半ほどが過ぎ、十四歳の駿太郎の背丈は六尺を超えていた。

備前国に、平安の末期、友成、正恒をはじめとするのちに「古備前」と呼ばれる一群の刀鍛冶が現れ、その技術は鎌倉初期にまで及んだ。

鎌倉期に入り、一文字と呼ばれる刀匠が生まれ、南北朝期にかけて名工を輩出した。この一群は鎌倉初期から中期にかけて備前福岡に移住したと伝えられ、他の一群が鎌倉末期から南北朝期にかけて吉岡に居住した。

前者の集団を福岡一文字と呼び、後者は吉岡一文字と称された。

福岡一文字のなかでも鎌倉初期の刀工、後鳥羽院御番鍛冶の、則宗、助宗、延房、宗吉、助成などを、

「古一文字」

と呼んだ。

駿太郎が家斉から拝領したのは古一文字則宗であった。

父から元服話を聞かされた駿太郎は孫六兼元から差し料を則宗に変えようと考えたのだ。そして、青山忠裕の言葉を思い出していた。

「駿太郎、上様から拝領した備前一文字則宗じゃがな、父と二人して茎を見よとのお言葉があった」

ために小籐次も駿太郎もすでに茎を調べていた。そのときに確めた茎を駿太郎は久しぶりに自分の部屋で改めた。

茎の表には上に菊の御紋がありその下部に、

「則宗」

とあった。裏に返すと葵の御紋があり、表と裏に朝廷と幕府の紋章がそれぞれ刻まれていた。菊と葵の二つの紋が入れられた意味を考えていたが駿太郎には理解がつかなかった。その代わり鎺下《はばきした》から切っ先までじっくりと眺めた。だが、ただ今の駿太郎には秀でた品格がある刀身としか分からなかった。

茎を柄に戻した。

孫六兼元と則宗の刀身には四寸余の差があった。

文政の世、二尺六寸の大業物を使いこなせる武芸者は滅多にいない。

刀は剣術家の背丈や手足の長さ、さらには技量や体力に合わせて選ぶべきだ。だが、戦国時代が終わり、二百年余が過ぎた今、大業物より細身の優美な刀を差す武家方が大半であった。

拝礼を終えた駿太郎は、

「公方様、赤目駿太郎、向後則宗を使いこなせるよう努力致します」

と声に出して約定し、

「来島水軍流正剣十手、序の舞」

と父の小籐次を真似て朗々とした声音で宣した。

そのとき、小籐次は庭に人の気配を察して静かにおりょうの傍らから起き上がり、雨戸を少しばかり引き開けた。

するとまだ薄闇のなか、積雪の上に駿太郎がいた。

小籐次はすぐに腰の刀が孫六兼元から備前古一文字則宗に代わっていることを見てとった。

家斉から拝領した則宗を駿太郎が時折抜刀し納刀する動作を繰り返し、手に馴染むようにしていることは承知していた。

今朝の駿太郎の顔に新たな決意があることを小籐次は見てとっていた。

元服話が出たことで駿太郎が家斉の言葉に応えようとしているのだ、と思った。

駿太郎が雪の庭で、物心ついたときから小籐次が折にふれて見せ、孫六兼元を使いこなせるようになってからは本式に教えた来島水軍流の技をゆったりと、だが、しっかりと大業物の則宗でこなしているのを見て、

（もはやわしの出る幕はなきか）

と小籐次は胸のなかに充足感とともに一抹の寂しさを覚えた。

一刻（二時間）余、則宗を使った駿太郎が台所の囲炉裏端に戻ると、

「本日も薪造りか」

と小籐次が問うた。則宗を一顧だにせず、

「いや、松の内のどこかでおりょうの実家に年始の挨拶に参ろうと思ってな」

といささか迷った表情で言うと、

「はい。ならば本日は、蛙丸を使わせてもらいます」

と駿太郎が答えた。すると、

「なに、今日はアサリ河岸に稽古に参る気か、そうとなればわしは考えを変えた、駿太郎、頼みがある。このこと、おりょうにはしばらく内緒にせよ。ただ驚かせ

たいのよ」

と最前の迷いを振り切るように告げた。

駿太郎はアサリ河岸の鏡心明智流桃井道場の朝稽古に砥ぎ舟蛙丸で向かった。

年末年始と雪のせいで道場稽古が出来なかった。また桃井道場の門弟は大半が町奉行所の与力・同心ということもあり、正月登城の警備に就いて大人の門弟衆は数人しかいなかった。

ただし年少組は、駿太郎といっしょに三日から道場の朝稽古に顔を揃えた。そんななかにいつもの顔触れに加え、三人の新入りがあった。これまで六人だった年少組は九人に増えた。

新入りの一人目は北町奉行所吟味方与力の嫡男、十二歳の佐々木啓太郎《ささきけいたろう》、二人目は南町奉行所隠密廻り同心の次男、十三歳の北尾義松《きたおよしまつ》、三人目は御家人百五十俵高の嫡男、十三歳の猪谷俊介《いがやしゅんすけ》だった。

新入り三人が入門して張りきったのは十四歳になった岩代祥次郎だ。

「よいか、桃井道場の年少組は家格、身分、年齢はなんらかかわりない。入門の早い遅いですべてが決まる。これまで年少組の新入りはここにおる筍《たけのこ》侍の赤目

背丈があった。

との言葉に三人が一様に駿太郎を見た。なにしろ十四歳にして大人の門弟より駿太郎であった」

「この赤目は、剣術の技量ではわれら先輩五人組よりいささか上である。じゃが、新入り門弟であることにかわりはない。ところがこたび、そなたら三人の新入りが入ったことで赤目駿太郎は、そなたら三人の兄弟子ということになる。桃井道場の稽古の仕方やあれこれとある技前は、われらに聞いて覚えよ。相分かったか」

と年少組でも小さな祥次郎が三人に訓示を与えた。すると年少組の頭分の森尾繁次郎が、

「おい、祥次郎、桃井道場年少組の頭分は未だこの森尾繁次郎じゃぞ。そなた、近ごろ嘉一にも追いぬかれて一番のちびにして剣術の技量もいちばん劣っておろうが。新入り三人の訓示などだれにやってよいと許された」

「うーむ、繁次郎は未だ年少組におるつもりか」

と首を傾げて見所の桃井春蔵を見た。

だが、桃井の目は年少組に向けられていなかった。

「おお、桃井先生がな、森尾も清水も当座、年少組にて稽古をせよと命じられたのだ。ということは年少組の頭分は、十五歳のこの森尾と補助方の清水由之助だ。なぜ祥次郎が、われらふたりに代わって新入りに訓示など行う」

と森尾が繰り返し糾弾した。

「ふたりが年少組に残るのか、これまで十五になると成人組に移ったよな」

と祥次郎は当てが外れたという顔でぼやいた。

「われらふたりが頭では不満か」

「不満ではないが、十四歳のわれらが年少組を引っ張っていくとばかり思っていたがちがうのか」

祥次郎ががっかりした顔をして、駿太郎の顔を見た。

「われら、桃井先生や師範に年頭の挨拶を未だしておりませせぬ。新入りどのへの訓示より師匠方への挨拶が先ではありませんか」

駿太郎が繁次郎に言った。

「おお、そうじゃ。祥次郎が勝手な行いをなすで、つい年始の挨拶を忘れておったわ」

と応じた繁次郎が、

「年少組九人、見所の前に並び、正座せよ」

と命じて新入りの三人を含めた九人が道場の隅から見所前に移動し正座した。

「桃井先生、師範方、われら九人、鏡心明智流桃井道場の年少組かくの如くうち揃いました」

と言った繁次郎が続けて、

「新年慶賀に存じます」

と挨拶をなした。

駿太郎らもその声に和した。

「おお、新春目出度いのう。本年も昨年にまして稽古を積み、一日も早く一人前になるように修行に励め」

との声に新たに加わった三人とこれまでの六人の九人が道場の奥にふたたび戻った。

駿太郎から見て新入りの三人のうち、体付きがしっかりとして剣術の基ができていそうに思えたのは御家人の嫡男猪谷俊介だ。

背丈は森尾と同じくらい、五尺四寸余ながら四肢ががっちりとしていた。

「駿太郎、そなたが新入りの技量を見てくれぬか」

「森尾さんがなされませぬか。私、これまで年少組の末席にございました」

「とはいえ、すぐにおれとそなたの技量の差が知れるわ。剣術をとくと知るそなたのほうが適役であろう」

と繁次郎が言った。

「待った。その役、この岩代祥次郎がなそう。どうだ、駿太郎」

と竹刀を手にした祥次郎が問うた。

「祥次郎さん、本日は年頭の稽古始めです。木刀で素振りをして体を温めませぬか」

祥次郎の提案を駿太郎は柔らかな口調で拒んだ。

「なに、木刀の素振りじゃと、あれは退屈じゃぞ。この祥次郎が新入りの力量を見極めるのが先ではないか」

「いえ、桃井道場では素振りをきちんとなし、体を温めることがなにより大事です。まず素振り百回から始めましょう」

駿太郎は新入りのなかには祥次郎より技量が上の者がいることを察していた。

「年末年始、大雪であったな。われら、全く体を動かしておらぬゆえ、駿太郎のいうとおり素振りから始めようではないか」

清水由之助が駿太郎に賛意を示した。

「素振りは地味で退屈するぞ」

と祥次郎が抗った。

だが、他の八人は素直に竹刀から木刀へと変えた。致し方なく最後に壁にかかった自分の木刀を祥次郎が手にした。

「駿太郎、まずそなたが手本を見せよ。どうせ、大雪だ、年の瀬だというてもそなた、須崎村でも稽古をしていたのであろうが」

と繁次郎が命じた。

「須崎村は江戸よりも積雪がありました。ゆえに雪で倒れた枯れ木を切って斧で割り、薪造りをしていまして剣術の稽古はほとんど」

「していないか。おれたちは知っているぞ、そなたが悪党を成敗したとな」

清水由之助が質した。

「由之助さん、さようなことは存じません。それより本年の初稽古、素振りを二百回通しますぞ」

「お、おい、駿ちゃん、最前百と言ったのになぜ二百回に増えた」

「稽古の前に雑談をした分です」

駿太郎が言って八人の前に対面するように立った。

「桃井道場初稽古、素振り二百回」

と宣告した駿太郎が手本を示した。

駿太郎の剣術の基は父の小籐次から伝授された来島水軍流だ。が、桃井道場に入門を許された折から鏡心明智流の教えに従って基になるかたちを変えていた。素振りもまた船戦《ふないくさ》を考慮したものと、道場で形作られた動きとは違った。

「始め」

駿太郎が木刀を軽やかに振りながら足の運びを合わせた。ゆったりとした動きとかたちで、一見難しいとも思えなかった。

その動きを見た見所の桃井春蔵が、

「赤目駿太郎に鏡心明智流道場を明け渡すか」

と呟いたものだ。

素振りを十回ほど繰り返した駿太郎が、

「ご一統様もいっしょに」

と命じた。

「よし、十一、十二」

祥次郎が駿太郎だけが繰り返した十回の素振りに加えて数え始めた。

新入りの猪谷俊介の素振りがかたちになっていることを駿太郎は認めた。

おそらく九歳か十歳の折から父親か、あるいは剣道場で剣術の基を体に覚えこまされた動きだった。それに反して北町与力の嫡男佐々木啓太郎と南町同心が父親の北尾義松はまるで素振りになっていなかった。桃井道場に入門するというので、父親に命じられて慌てて我流で身につけようとした程度だろう。

「啓太郎さん、義松さん、私の前にお出でください」

とふたりに命じると基になる木刀の握り方から手と足の動かし方を丁寧に教えた。そうしながらも常に六人の素振りを見ていた。

なんとかふたりに動きを教え込んだころ、六人組の素振りは五十を超え、祥次郎と嘉一の足の運びが乱れ始めた。

「祥次郎さん、嘉一さん、高尾山での稽古を思い出してください。ただ今の足の運びは高尾山以前に戻っていますよ」

と駿太郎が注意した。

「駿ちゃんの眼はいくつあるんだ。新入りに教えながらよくおれと嘉一の素振りが分かるな」

と弾む息で祥次郎が言った。

「無駄口はよしましょう、百回まで頑張りなされ」

「よし、六十三、四」

と祥次郎が体の動きを改めて素振りを続けた。

百回を超えた辺りで吉水吉三郎、園村嘉一、岩代祥次郎が脱落した。だが、年長の森尾繁次郎、清水由之助、そして、新入りの猪谷俊介は素振りを続けていた。

「啓太郎さん、義松さん、よく三人の素振りを見てください。二月ほど毎日励めば、百回の素振りはできるようになりますからね」

と見物を命じた駿太郎は三人の前に立つと素振りに加わった。

猪谷俊介は駿太郎の木刀が発する道場の気を裂く、
シュッシュッ
という音に驚きの顔を見せた。

ともあれ三人は二百回の素振りをやりのけた。

「よくやりました。ではお三方、私との打合い稽古を始めますよ」

「えっ、これから打合いか」

「竹刀に変えるか」

と由之助と繁次郎が注文をつけた。

「いえ、木刀のままで構いません」

「駿太郎は木刀でもいいさ、おれたちが困るんだよ」

「繁次郎さん、皆さんがいつの日かお役に就いた折、悪党たちはそんな気持ちに乗じて攻めかかってきますよ。どなたでもいいから、私を悪人と思って攻めてください」

駿太郎の命に、

「ご免」

と応じた猪谷俊介が二百回の素振りで疲れた心身を自ら鼓舞するように声を振り絞って気合をかけ、中段に構えた木刀で駿太郎の面を打ちにきた。手加減しない面打ちだった。それだけ駿太郎の技量を見抜いていた。

駿太郎が俊介の木刀に合わせて弾くと、吹っ飛んで床に転がった。

それを見た繁次郎と由之助が同時に攻めかかったが、木刀を弾かれただけで新入りの前に倒れ込んでいた。

「駿ちゃんさ、手加減ってのを知らんのか」

と祥次郎が言った。

「祥次郎さん、十分に手加減しています」

「あれでか。段々さ、駿ちゃんがうちの兄者に見えてきたぞ」

と道場の床に胡坐をかいた祥次郎の頭がコツンと叩かれた。

「あ、痛い。だれだ」

と振りむく祥次郎の後ろに稽古着姿の岩代壮吾がいつのまにか立っていた。

「こんどはほんものの兄者がきたぞ。御用は済んだのか」

「祥次郎、何度も言わせるな、駿太郎はおまえと同じ十四歳ということを忘れるでない」

「兄者、そうはいうけどな、今年の駿ちゃんは手厳しいぞ」

「おお、それは」

と言いかけた壮吾が途中で言葉を喉の奥に飲み込み、

「駿太郎、今年いちばんの稽古をせぬか。こやつら相手では満足すまい」

「岩代様、お願い申します」

と応じた駿太郎と岩代壮吾の初稽古が始まった。

その激しい打ち合いを三人の新入り、なかんずく猪谷俊介が言葉もなく凝視していた。

稽古を終えた岩代壮吾が、

「駿太郎、刀を変えたか」

と質した。

控え部屋の刀掛けの刀を見たのだろう。

「はい」

とだけ駿太郎が答えた。

「孫六兼元は二尺二寸一分であったか。こたびの刀は四寸ほど長いな」

駿太郎は頷いた。

「駿太郎があの大業物を使いこなせるようになると厄介じゃな。われら、気易く立ち合い稽古ができぬわ」

と岩代壮吾がなにか察したか、言いかけて止め、駿太郎もなにも答えなかった。

二

翌日、朝稽古のあと、駿太郎は溜池日吉山王大権現下の船着場に研ぎ舟蛙丸をつけた。

おりょうの両親、御歌学者の北村舜藍《しゅんらん》とお紅《こう》が望外川荘を揃って訪ねることは滅多にない。そのふたりを誘い出すには孫の駿太郎がよかろうとの小籐次の考えだった。

「よいか、クロスケ、シロ、しっかりと蛙丸の番をしておれ」

と命ずると駿太郎は御歌学者北村家の屋敷に続く雪の坂道を小走りで登って行った。

昨日も道場の朝稽古のあと、すでに一度訪ねていた。

ために北村舜藍もお紅も仕度をして孫を待ち受けていた。船着場までの土手道も雪かきを為したのは駿太郎だった。

仕度されていた昼餉を早速食した駿太郎は、半刻もせぬうちに祖母のお紅の手を引いて、

「祖母上《ばばうえ》、雪はどかしてございますが、地面が凍っております。足元に気をつけてくだされ」

と言いながら土手を下りた。

お紅の後ろには祖父の舜藍が続き、北村家の女衆が風呂敷包みを手に従ってきた。

二匹の犬が駿太郎の姿に、ワンワンと吠えて迎えた。

「おお、犬まで伴って参ったか」

と舜藍が驚きの顔でいい、

「うーむ、舟が違っておらぬか」

と船着場に舫われた蛙丸に気付いた。

「祖父上《じじうえ》、前の舟は古うございまして、もはや手直しでは無理だと船大工さんにいわれて、この蛙丸に替えました。しっかりとした舟です、乗り心地もよろしいかと思います。苫屋根の下には炬燵も入っています」

「なんと炬燵もありますか。そんな仕度をしたのに、未だおりょうは私どもが望外川荘を訪ねることを知りませんか」

「私が出る折まで知らされていませんでした。ですが、おふたりが泊まっていかれることもありますから父上はおふたりが参られることを話しておられましょう」

船着場に下りた舜藍が、

「なんとも立派な舟ではないか。とても研ぎ舟とは思えぬな」

と蛙丸を間近で見た。

駿太郎が手短に蛙丸を入手した経緯を告げた。

「なんとただでこの舟をな、さすがに赤目小籐次よ」

「父はなにがしかお礼の金子を渡されたはずです」

クロスケとシロが久しぶりに会う北村舜藍とお紅を訝しそうな顔で見ていた。

「クロスケ、シロ、覚えておらぬか、母上の父上と母上じゃぞ。大人しく駿太郎の足元に乗っておれ」

と命じられて艫に座った。

「思いがけなくも雪が残る江戸の町を遊覧することになったか。われら、年寄り夫婦には考えられぬ松の内になりそうな」

「おまえ様、私は舟など滅多に乗りません、いささか怖くはありますが望外川荘を訪ねるのが嬉しくてしようがありません」

「祖父上、祖母上、安心して舟に乗っていてください。本日は内海に出ることなく堀伝いに日本橋川に向かい、最後に少しだけ隅田川を遡上します」

と駿太郎がふたりを安心させるように言い、

「この大きな舟をそなたひとりで漕ぎますか」

とお紅が質した。

「はい。私は、蛙丸の扱いにすでに慣れております」

と駿太郎は応じた。ふたりが苫屋根の下の炬燵に入り、

「おお、これは温かでございますよ」

とお紅が喜んだ。

溜池からゆったりとした流れに乗って雪の大名屋敷を見つつ、愛宕《あたご》下通り新シ橋を過ぎた。すると右手は武家屋敷から町家に変わった。幸橋を潜って外堀に向きを変えると、西側は大名屋敷、東側は町家が広がり、見慣れた江戸の中心だが、河岸道や家々の屋根に雪が積もって、いつもとは雰囲気が違っていた。

「驚きました。駿太郎は櫓を漕ぐのがなんとも上手ですね」

お紅が駿太郎の櫓の扱いを見て、驚きの表情を見せた。

「お紅、駿太郎はただの十四歳ではないぞ。天下無双の赤目小籐次の嫡子じゃ、上様すら感嘆された若武者じゃぞ」

「そう聞いてもお紅には信じられません」

「祖母上、腰の一剣は上様より拝領した備前古一文字則宗にございます」

と櫓から片手を離した駿太郎が則宗に触ってみせた。

「おおー、もはやあの日頂戴した則宗を使いおるか」

「はい。父がこたび祖父上と祖母上にお会いしたかった曰くともいささか関わりがございます」

「なに、上様より拝領の刀と関わりがあるとな」

「父上は近ごろ駿太郎の元服を考えておられます」

「おお、なんと、そうであったか。駿太郎は十四歳よのう、初冠《ういこうぶり》を為す年齢に早《はや》達しておったか。われら、爺と婆は、いつまでも駿太郎が幼いと思っていたがのう。そなたは、もはや前髪から月代にいつなってもおかしくない若武者であったわ」

と舜藍がいい、お紅も、

「ほんにどなたよりも若武者ぶりが際立っておりますよ。そのことをつい忘れておりました」

「私も桃井道場の年少組のひとりゆえ、元服など考えたこともありませんでした」

「桃井道場の年少組の面々は元服をしておらぬか」

「はい、だれひとりとして」

と駿太郎が答えた。

「桃井道場は八丁堀の与力・同心の子弟が多いのであったな」

「はい、場所柄と桃井先生のお人柄で町奉行所に関わりのお方が多くおられます。ただし私のおる年少組は本年の新入り三人のうち、ひとりが御家人の嫡男でした。研ぎ屋は私のうちだけです」

「駿太郎、そなたの父親は、ただの研ぎ屋ではないわ。上様にも世間にも名を知られた剣術家赤目小籐次じゃぞ」

「母上は祖父上、祖母上の娘にございます」

とふたりは言い合った。

「上様をはじめ、御三家、老中とも付き合いのある研ぎ屋など、天下広しといえども駿太郎、赤目小籐次、そなたの父一人じゃ」

「父上は私の烏帽子親をどなたに願うか迷っておられます」

「そうか、あちらを立てればこちらが立たず、まさか上様に烏帽子親にと願うわけにもいくまいな」

「祖父上、私の烏帽子親は町人ではいけないのでございますか」

うーむ、と唸った舜藍が、

「腰に上様から拝領の備前古一文字則宗を差した駿太郎の烏帽子親が町人ではの

う。親しい付き合いの久慈屋を考えたか」

「はい」

舜藍が沈思した。

長い沈黙のあと、

「やはりそなたの烏帽子親は武家方がよかろうな」

と北村舜藍が言った。

その間に御堀をぬけた研ぎ舟蛙丸は北町奉行所の前にかかる呉服橋を潜ろうとしていた。すると橋の上から声がかかった。

「駿太郎、赤目駿太郎ではないか」

と呼びかけたのは北町奉行所与力の岩代壮吾だった。

「岩代様、御用でございますか」

本日の朝稽古に壮吾の姿はなかった。

「三が日の年頭拝賀は無事に終わったでな、われら町奉行所の与力・同心は平時の御用を務めておる」

と応じた壮吾が、

「蛙丸にどなたかお乗せしておるか」

と苫屋根の下の人物に気付いて聞いた。

「はい、母上の父上と母上を望外川荘にお迎えするためにお乗せしています」

「おお、苫屋根の下におられるのは御歌学者の北村舜藍様と奥方であったか、そなたにとって御祖父と御祖母様じゃな」

さすがに北町奉行の与力だ。駿太郎の身内を承知だった。

はい、と応じた駿太郎が、

「岩代様、今年の三が日は穏やかであったようですね」

と言った。

「おお、今のところ大きな騒ぎは聞いておらぬ。望外川荘に御祖父、御祖母様をお迎えするとすれば、赤目小籐次様の周りにも格別難儀は降りかかっておらぬようじゃな」

「はい、望外川荘は穏やかな三が日でございました」

「なによりであった」

と蛙丸と呉服橋の上で言葉を交わし、

「駿太郎どの、気をつけて参れよ」

と岩代壮吾が蛙丸を見送った。

「祖父上、北町奉行所の与力にして桃井道場の兄弟子、岩代壮吾様です」

うーむ、と唸った舜藍が、

「そなたの父親が元服を思案するのは当然じゃな。駿太郎、それにしてもそなたの剣術の技量なら同輩では物足りまい。最前の岩代様のようなお方と対等に話し合える十四歳はそうはいまい」

「いえ、祖父上、剣術だけが物事のすべてではありません。同年齢の仲間といるのは楽しゅうございます」

一石橋を潜った向こうに日本橋の人混みが見えてきた。

二匹の飼い犬が興奮の体で吠えた。

「これ、クロスケ、シロ、江戸でいちばん賑やかな日本橋で吠えてはならぬ。騒ぐでないぞ」

駿太郎が言い聞かせると犬たちは静かになった。

舜藍とお紅のふたりも二匹の犬同様に日本橋界隈の松の内の賑わいを興奮の体で水上から見上げていた。

「祖母上、舟の上からの江戸は面白うございますか」

「駿太郎のおかげです。長いこと生きておりますが、水面から日本橋を見上げたのは初めてです」

日本橋の下を蛙丸が潜った。

「おーい、駿太郎さんよ、犬なんぞ乗せて松の内の江戸見物か」

とこんどは読売屋の空蔵が声をかけてきた。

「まあ、そんなところです。空蔵さんはお仕事ですか」

「おお、今年の三が日は騒ぎがなくてな、この大雪のせいかな。親父さんに少しは働けというてくれぬか」

「研ぎ屋の仕事はそろそろ始めます」

「そっちの仕事ではないわ。おれっちの読売のネタになる騒ぎのことよ」

「父上は、読売屋の空蔵さんのために騒ぎに関わった覚えは一つとしてないと申しておりますよ」

「親父さんの代わりに駿太郎さんでもいいや、一つふたつ、世間の騒ぎを派手に取り鎮めてくれると読売が売れるのだがな」

という空蔵の声が追いかけてきた。

「駿太郎、あの者は読売屋ですか」

とお紅が問うた。

「はい。読売も書けば、それを弁舌巧みに賑やかなところで売りもします。空蔵さんが本名ですが、ほら蔵さんとも呼ばれています」

「駿太郎、そなたはほんとうに十四歳ですか」

「私が十四かどうか母上にお尋ねください」

日本橋川から大川に出た蛙丸の櫓に駿太郎が力をこめた途端、舟足が上がった。だが、蛙丸はひと揺れもせずすいすいと遡上していった。

舜藍は最前から沈黙して水上の風景や川岸を見ながら、なにごとか思案している様子だった。そのせいかお紅も黙り込んでいた。

「祖母上、お疲れになりましたか」

「いえ、疲れる間もありません。初めて江戸を訪れた旅人の気持ちがよう分かります」

「あちらは浅草寺の賑わいです。もうすぐに望外川荘の船着場に着きますからね」

「須崎村は在所と思うておりましたが、浅草寺と川を挟んで向かい合っておりますか」

舟足を上げた蛙丸が湧水池への水路に入り、家に戻ったと分かったクロスケとシロが蛙丸の帰りを告げるように吠えた。

すると船着場に小籐次とおりょうが姿を見せて、

「父上、母上、おめでとうございます」

「舅どの、姑どの、新春慶賀にござる」

と舜藍とお紅のふたりに挨拶した。

駿太郎はやはり父がおりょうに両親が望外川荘を訪ねることを話したな、と思った。

「おりょう、松の内に邪魔をして迷惑ではありませぬか」

「わが望外川荘は常に訪いの方がおられます。ご案じなさいますな」

とおりょうが応じて、

「本日もどなたかお見えですか」

と駿太郎が問い返すと、

「はい、新八さんとおしんさんが年賀にお見えになっておられます」

とおりょうが答えた。

「祖父上、祖母上、新八さんとおしんさんは、老中青山様のご家臣です」

駿太郎がふたりに教えた。

蛙丸が船着場に横づけされるやいなや、二匹の犬が舟から飛び上がり、雪の岸辺を走り廻り始めた。

不酔庵《ふすいあん》の傍らをぬけて望外川荘の前庭を見たお紅が、

「雪を頂いた望外川荘は一段と堂々として素晴らしゅうございます」

広い庭にも、築山のある小島が浮かぶ泉水にも真っ白な雪が覆って、お紅の知る望外川荘とは違って見えた。

「お紅、われら、しばしば望外川荘を訪れるべきであったな。なんとも素晴らしき景観ではないか」

と舜藍も言った。

「父上、母上、雪の積もった望外川荘は、住み慣れたわたしどもでも見ごたえがございます。これを機に時折訪れてくださいまし」

と願ったおりょうに案内されて北村舜藍とお紅が望外川荘へと入った。

いくつも火鉢に炭が熾った座敷は温かった。

小籐次とおりょうが北村舜藍とお紅を迎えて、改めて年頭の挨拶をなした。

「婿どの、本日は駿太郎の元服の話と聞いた」

「舅どの、いかが思し召しですか」

「目出度い話かと思う」

「それがし、安堵しました」

と答えた小籐次が、

「偶さか、舅どのと姑どのにご紹介したき人物ふたりが年賀に来てくれました。この元服話を一緒に聞いてくれる御仁かと存じまする」

「老中青山忠裕様のご家臣と聞いた」

「いかにもさようです。舅どのと姑どのは駿太郎の実父の須藤平八郎どのが丹波篠山藩青山家の家臣であったことはすでにご存知でしたな。新八さんとおしんさんはわが赤目家のことをすべて承知しておられます。ゆえにお引止めしていっしょに駿太郎の元服について相談をしようかと考えました。この儀、いかがにござろうか」

「望外川荘の主は赤目小籐次である」

と舜藍が言い切ったのを聞いた小籐次は、駿太郎に囲炉裏端で控える新八とおしんを呼びに行かせた。

ふたりがいささか緊張の面持ちで座敷に入り、御歌学者の北村舜藍とお紅に無言で深々と頭を下げて挨拶した。

座敷に北村舜藍とお紅夫婦、中田新八とおしん、そして赤目一家三人が顔を揃えた。

「婿どの、この場のすべての者が駿太郎の元服話を承知しておると考えてよいな」

と舜藍が念押しした。

「はい、同席の者、身内同然にございますれば」

との小籐次の返答に舜藍が、

「駿太郎の話によれば婿どのは烏帽子親をどなたに願うかで迷っておられるそうな。さようか」

「いかにもさようにござる」

と答えた小籐次に、

「父上、烏帽子親を選ぶことになぜ迷われますか」

と駿太郎が質した。

その問いに頷いた小籐次が、

「まず一つはわしが駿太郎の養父であることよ」

「父上ではいけませぬか」

「元服は古き習わしと聞いた。ただ今も武家方に残る大事な儀式であろう。赤目小籐次は、一介の浪人者にして、公には武家方とは呼べまい。その者の倅の駿太郎の烏帽子親をどなたに頼めばよいか」

「父上は数多のお武家様をご存じです」

「いかにも存じておる」

これまでの問答を聞いていた中田新八が、

「赤目様、もしやして駿太郎さんの烏帽子親を実父の須藤平八郎どのの主君であった丹波篠山藩藩主、わが主君でもある老中青山忠裕様に願おうとお考えですか」

「いかぬか、中田どの」

一座の者が黙り込んだ。

おりょうはなんとなく小籐次の言葉と本心は違う気がした。

重い沈黙が続いていた。

三

長い沈黙のあと、駿太郎が言い出した。

「私の実父の須藤平八郎様の主君、青山の殿様は老中を務めておられます」

一同には分かり切ったことだった。

「また父上が付き合いをなさってきた方々には、水戸様を始めお歴々がおられます。お願いに参ればどなたも快くお引き受け下さるのか、お断わりなされるのか存じません。されど私は研ぎ屋を名乗られる父上の子であり、桃井道場の年少組の門弟のひとりであることに変わりはありません。烏帽子親がそのような立派な方では、不釣り合いかと存じます」

「さような考えがあっても不思議ではないな」

と小籐次が応じた。

「父上が江戸の方々に受け入れられておるのは、御三家や老中や大名家に奉公しているからというわけではなく、豊後森藩の久留島家の下士でありながら藩を抜けて、殿様の恥辱を独りで雪《そそ》がれた『御鑓拝借』の功しがあるからだと思います。

以来、父上はどちらにも奉公はなされておりません」

駿太郎の言わんとするところはこの場の全員が熟知していることだった。小籐次は、

「駿太郎、父の旧藩たる森藩久留島家に烏帽子親を願えというか」

と質し、

「豊後森藩はこれまで名の出たお歴々と違い、わずか一万二千五百石の外様小名であるな。また父は曰くはなんであれその森藩を勝手に抜けた人間じゃ」

とわざわざ言い添えた。

「父上、赤目駿太郎には森藩の殿様であれ、また家臣の方であれ、烏帽子親を願ったとて似合いません。私自身は森藩の殿様にお会いしたことが数度ございますがとくとは承知しておりません」

駿太郎の言葉に頷いた小籐次は、

(そうじゃ、正月明けに森藩に呼ばれておったな)

と思い出していた。

「駿太郎は、赤目小籐次とりょうの子に過ぎません。お偉い方々やそのご家臣に烏帽子親になって頂くのはどうかと思います」

駿太郎が言葉を切って、なにか思い悩むように間を置いた。

おりょうが口を開こうかどうしようかと迷っていたとき、

「父上、母上、駿太郎の烏帽子親は祖父上ではいけませんか、身内ではいけないのですか」

と問うた。

「なに、御歌学者に過ぎぬ祖父のわしに赤目駿太郎の烏帽子親を務めよというか」

「はい」

「待て、待ってくれぬか。赤目駿太郎が元服し、もしじゃぞ、どこぞに武家奉公する折、御歌学者のそれがしではものの役に立たぬぞ」

「祖父上、元服は出世のための儀式、習わしですか」

「いや、そうではあるまい。幼子が一人前の武士になるための介添え役が烏帽子親の役目であろう。繰り返すことになるが、このわしが烏帽子親になったとせよ、そなたの向後によきことかどうか」

「祖父上、赤目駿太郎はただ今どちらかに武家奉公するなど考えてもいません。もし奉公するとしても先のことでございます。私が一人前の武士に相応しい考えと覚悟を持った折に考えます。それではいけませんか、父上、母上」

「よう言うた、駿太郎。わしの子が御三家や老中のお歴々に烏帽子親を願うなどなんとも烏滸がましいわ。また、舅どのは御歌学者として公儀にて立派に御役目を果たしておられる。いや、なによりおりょうの実父、つまりは駿太郎の祖父ゆえ、これ以上の烏帽子親はおるまい」

と小籐次が言い切り、

「おりょう、どう思うか」

と問うた。

「わたしには内緒でおまえ様が駿太郎に北村家を訪ねさせ、わが両親を望外川荘に招いたのは、そのことが胸のなかにあったからではございませぬか」

とおりょうが小籐次の本心を質した。

「おりょう、この赤目小籐次にさような深い考えはない。思い付きで動くがさつ者よ。さような策は考えておらなんだぞ」

と言い訳する小籐次に、

「そう聞いておきましょう」

とおりょうが笑みの顔で応じて、

「中田新八様、おしんさん、駿太郎の考え、いかがにございますか」

と質した。

「天下の赤目小籐次・駿太郎父子にこれ以上の加冠、烏帽子親はおられませぬ」

と新八が即答し、おしんが、

「赤目駿太郎さんの烏帽子親がわが主君や御三家であることを江戸の方々は得心しますまい。されど祖父にして御歌学者の北村舜藍様なれば、一も二もなく賛意を示して喜んでくれましょう」

と言い切った。

御歌学者は、城中の政《まつりごと》にはまるで関わりがない職階と舜藍はいっていた。

ふうっ
と舜藍が吐息をし、お紅が、

「駿太郎の烏帽子親とは大変なお役が回ってきましたね」

と応じて、にっこりと微笑んだ。

「となると婿どの、いつ元服をなすな」

「舅どの、決まったからには一日も早いほうが宜しくはございませんかな」

ふたりの年寄りの問答に中田新八が加わった。

「赤目様、烏帽子親を具足親とも呼ぶと聞いたことがございます。元服して甲冑《かっちゅう》の着初めをする折、甲冑を着せた人のことだと聞きました」

「中田どの、それがし、甲冑など着せられませんぞ」

と歌人の舜藍が困惑の顔をした。

「いえ、これは戦国時代の話でしょう。具足親と烏帽子親は時が違って呼び方は異なりますが役割は同じかと存じます。というわけで具足開きに駿太郎どのの元服はいかがですかな」

「中田様、具足開きは正月十一日です」

「ならば赤目様、十一日の朝に元服の儀式をなしませぬか。駿太郎どのは前髪をそり、月代になって烏帽子をかぶる。その程度のことです。前髪を月代にそり上げる理髪役など、さようなことは青山家がすべて仕度を致します」

と新八が確約し、赤目家では素直に願うことにした。

「婿どの、駿太郎は幼名《ようめい》じゃな、元服を為せば本名に改名せねばなるまい」

「えっ、私、名を変えるのですか」

と駿太郎が初めて驚きを見せた。

「成人した証に正式な諱《いみな》をつけるな」

との舜藍の答えに駿太郎が、

「父上の小籐次は本名ですか、幼名はなんと申されましたか」

「わしか、物心ついた折から小籐次と呼ばれておったな。小名の下屋敷厩番じゃぞ、元服じゃといってきちんとした武家の作法をなした覚えはないな。じゃが、わしと駿太郎は、立場がいささか違う。今後のことを考えて本名を舅どのにお考え頂いてはどうだ」

「それは構いませんが呼ばれなれた駿太郎はもはや使われないのですか。いくら元服したとしても仲間たちは、きっと駿太郎とか駿ちゃんとか、呼びますよ」

と元服の当人が拘った。

「私も駿太郎には馴染みがございます。できますならば本名といっしょに残して欲しゅうございます」

とおりょうが言い、

「父上、赤目駿太郎なにがしと姓と幼名と諱が揃って美しい名を考えて下され」

とおりょうが実父の舜藍に言い添えた。

「烏帽子親は烏帽子子の諱まで考えねばならぬか」

と応じた舜藍だが、この願いにはなんとなく満足そうだった。

「なんとか元服の儀がなりそうじゃな」

と言った小籐次がおりょうに目顔で前祝いの膳を供するように願った。話が一段落したと見て、

「父上、ちと中座させてください」

と願った駿太郎は、台所に行き、そこから別棟の納屋に向かおうとした。

「駿太郎さんって、呼んでよいのはあと数日ですか」

とお梅がどことなく寂し気な顔で話しかけた。望外川荘が広いとはいえ、同じ屋根の下だ。話が聞こえたのだろう。

「お梅さん、名が変わろうと駿太郎は同じ人間です。元服したからといって直ぐに生き方は変えられません」

「そうですよね。赤目小籐次と駿太郎って江戸の方々は覚えておられるのですから」

「お梅さん、きっと祖父上が駿太郎を残す本名、諱を考えてくださると思います」

と応じたところにおりょうが姿を見せて、座敷の大人たちに前祝いの膳を運んでいった。

駿太郎は納屋に行くと、このところ日課になった薪割を始めた。この年末年始で斧の使い方が上手になったのが分かった。

敷地の倒木を運んできて、大鋸で一尺三、四寸に切り分け、木目を読んで斧の刃を入れると、すっぱりと割れた。

本日は祖父と祖母が望外川荘に泊まる。その湯を沸かす薪を割っておきたいと思ったのだ。

「駿太郎様、薪は十分あるだよ」

と望外川荘の先代以来の奉公人の百助老が言った。

「本日は格別なんです。私の祖父と祖母が望外川荘にお泊りです。その湯はこの薪を使ってください」

「おお、あのお年寄りは駿太郎様の爺様と婆様か、駿太郎さんに似ておるかのう。遠目でちらりと見かけただけだ、なんとのう違ってみえたがな」

「私と、祖父と祖母は血が繋がっていませんからね、似ていませんよ。母上の実の父上と母上です」

「そうじゃったのう。駿太郎様の親父様は江戸に、お袋様は丹波篠山に眠っておられたな」

と百助が言った。

「はい、私にとって父も母も血が繋がっていません。でも、私どもは実の身内より身内です。その母上のご両親です。いい湯加減の湯に入っていただきたいのです」

「駿太郎様は優しいな。よし、この百助が格別な湯を沸かすでな」

と百助が言い切った。

「ならばせっせと薪を割ります」

駿太郎は半刻ほど薪を割り、その様子を見ていたクロスケとシロを連れて前庭に回った。腰には備前古一文字則宗があり、手には木刀を持っていた。

半ば凍った積雪の上で二匹の犬に木切れを投げて取ってこさせる遊びをしばらくなした駿太郎は、

「クロスケ、シロ、二匹でな、遊びなされ」

と木刀を雪の上に突き立てると、しばし瞑想して気を集中した。

二尺六寸余の古一文字則宗を腰に落ち着けた駿太郎は、雪の上に両足を踏ん張り、日の傾きかけた西空を見た。

静かに鯉口を切ると、無音のままに大業物を抜き放った。優美な刀身が一条の光になって西空を切り分けた。

残心の構えのあと、鞘に納めた。

その動作にひたすら没頭して繰り返した。

母屋の戸が開き、中田新八とおしんは辞去しようとして、駿太郎の則宗の抜刀に注意を向けた。

新八の口から思わず溜息が漏れた。

「江戸には何十万もの武士がおる。しかしかような若武者は二人とおるまい」

おしんがこくりと頷き、

「十一日にお会いしましょう。本日は殿にお目にかかり、元服のことを報告せねばなりません」

と言い、ふたりはそっと望外川荘をあとにした。

一刻後、駿太郎はおりょうに呼ばれた。

「駿太郎、湯に入りなされ」

則宗を鞘に納めた駿太郎が、

「もう湯が沸きましたか」

「そなたが割った薪で沸かした湯を母上といっしょに使わせてもらいました。母上と湯に入るなど久しく覚えがございません」

「湯加減はどうでしたか」

と尋ねるとおりょうの傍らからお紅が姿を見せて、

「娘とふたりして孫が割った薪で焚かれた湯に入る、かような至福がこの世にありましょうか」

と言ったものだ。

「それはようございました」

「ただ今、わが父と亭主どのが湯に入っておられます。そなたもいっしょしなされ。そのあと、夕餉ですよ」

とおりょうが命じた。

「中田様とおしんさんはどうなされました」

「とっくにお帰りです。そなたがあまりにも稽古に没頭しているものですから、挨拶はせずに戻られました。十一日の元服の用意があるそうです」

「気が付きませんでした。湯に入ってきます」

駿太郎がいい、クロスケとシロを庭に探したが、もはや薄闇の庭のどこにもいなかった。

「祖父上、父上、駿太郎も相湯させてください」

脱衣場から入ってきた駿太郎を湯船のなかから祖父と父が見上げた。しばしふたりが見詰めていたが、

「婿どの、月代になすと立派な若武者が誕生しますぞ」

と舜藍が言った。

「祖父上、本名は駿太郎の幼名と合う名にして下され」

「まだそのことに拘っておるか」

と小籐次が呆れ顔でもらし湯船から上がった。

「祖父上、しばし湯船でお待ちください。ただ今父上の背中を流します」

とかかり湯を被った駿太郎が小籐次を座らせ、背中を丁寧に洗ってやった。

「よいものじゃな、武家方ではこうはいくまい。子が父の背中を洗うなどなんとも幸せではないか」

「はい、芝口橋の長屋に住まいしていた折は町の湯屋にいっておりました。あれはあれで楽しゅうございましたが、須崎村界隈には湯屋がどこにあるか知りません。こうやって望外川荘の湯に入るのが贅沢です」

「これを贅沢と言わずしてなにを贅沢と呼べばよかろう」

と舜藍が湯船のなかで言った。

「次は祖父上の背を流します」

「おお、それはそれは、贅沢の極みかな」

と舜藍の瞼が潤んで、慌てて湯をためた両手で顔を拭った。


西の丸下の大名小路の一角、老中青山下野守忠裕の屋敷では、藩主とふたりの密偵が対面していた。

五つ（午後八時）の刻限、忠裕は質素な夕餉を終えたあと、小姓と囲碁を楽しんでいた。そこへ番頭《ばんがしら》が姿を見せて、

「殿、中田とおしんが面会を求めております」

「なに、この刻限にか、何用か」

「赤目駿太郎の元服についていて殿にお知らせしたいと申しております」

「おお、駿太郎は初冠《ういこうぶり》を迎えおるか、駿太郎なればいつ加冠をなし若武者になったところで、早くはなかろう」

忠裕が満足げに頷いた。

新八とおしんは、本日の望外川荘の出来事を克明に告げた。

その話を聞いた忠裕が、

「おりょうの実父北村舜藍が加冠をなすか」

「はい、むろんわが殿の名も御三家の名も挙がりましたが、赤目家では質素な加冠を望み、駿太郎当人の願いで祖父の北村舜藍様に決まりました」

「いや、これは賢い選択であるぞ」

と言った忠裕が、

「十一日の具足開きの朝に催すか。で、当家でなにかなすことがあるか」

「はい、赤目家では加冠の儀など初めてかと思います。そこでわが藩から髪結を差し遣わすと約定して参りました。宜しゅうございますか」

「うむ、それだけでは済むまい。加冠を為す折に着る紋服を急ぎ誂《あつら》えさせよ」

と命じた忠裕におしんが、

「駿太郎どのはすでに上様から拝領の備前古一文字則宗を遣いこなしておりました」

とその模様を語った。

「おお、あの則宗は二尺六寸余であったな。十四歳の駿太郎が遣いこなすとな、上様に申し上げるとお慶びなさろうな」

「殿、ひとつ、おしんからお願いがございます」

「なんじゃ」

「赤目家ではあの則宗に合う脇差を所持しておりませぬ。元服の機会に殿から祝いの品として贈られてはいかがでございましょう」

おしんは赤目家に須藤平八郎の脇差があることを知らなかった。

「おお、上様の則宗に見合う脇差のう。よかろう、明日にも武具方を呼べ、古一文字則宗に相応しいひと振り、予が選ぶぞ」

と満足げに言った。

四

ばたばたと日にちが過ぎていった。

正月五日目、小籐次と駿太郎は仕事始めに浅草寺御用達畳職の備前屋や深川の蛤町裏河岸近くの曲物師万作・太郎吉《たろきち》親子、竹藪蕎麦の美造親方、魚問屋の永次親方など得意先をめぐって年賀の挨拶を終え、最後に芝口橋の久慈屋を改めて訪れた。

その翌日から久慈屋の店先に研ぎ場を設えてもらい、小籐次は初研ぎを始めた。

一方、研ぎ場に向かう前、駿太郎はアサリ河岸の鏡心明智流桃井道場に寄って、年少組の八人と稽古を行い、そのあと北町奉行所の見習同心木津勇太郎と打ち合い稽古をなした。さらには時に同じ北町の与力岩代壮吾と厳しい立ち合いのあと、久慈屋に駆け付けて研ぎ場に座った。

年末年始と降った大雪はほぼ江戸の町から消えていた。

そんな日々が数日続いたあと、駿太郎は師匠の桃井春蔵に、

「桃井先生、明日の具足開き、用事がございましていささか遅れるやもしれません。ですが必ず参ります」

と許しを乞い、約定した。

「なんだ、駿ちゃん、望外川荘に来客か」

と話を聞いた岩代祥次郎が駿太郎へ質した。

「はい、よんどころない事情です。ですが必ず具足開きには参ります」

「そりゃさ、赤目駿太郎が姿を見せないとさ、具足開きにならないよな。おれたち八丁堀の門弟にとって元日のようなものだからな」

と祥次郎が駿太郎にいい、

「相変わらず赤目家は今年も忙しいか」

と森尾繁次郎が問答に加わった。

「そんなところです」

と駿太郎はあっさりと応じた。

そんな日々の傍らで元服の準備も進んでいた。

おしんは望外川荘に青山家に出入りの呉服屋を連れてきて駿太郎が元服に際して着る紋服や烏帽子を誂えた。

おりょうはかつて南町奉行から頂戴した紋服を出して待っていたが、その紋服をひと目見た呉服屋の番頭が、

「ただ今の駿太郎様は六尺を優に超えておられますので手直しが要りますな。されど新たに誂えるより日にちもかかりません」

と請け合ってくれた。

むろん久慈屋の昌右衛門と大番頭の観右衛門には駿太郎の元服のことは伝えてあった。赤目家と久慈屋は身内同然の間柄だ。

元服の朝、駿太郎は朝湯に入り、身を清めた。

内々の元服ではあった。

前日から烏帽子親の北村舜藍、お紅の祖父祖母は望外川荘に泊まってこの日に備えていた。元服に立ち会うのは内々の親しい者、駿太郎が物心ついた折からよく知る久慈屋の昌右衛門、大番頭の観右衛門、老中青山家の密偵の中田新八とおしんの四人だけだった。床の間に巻かれたままの掛け軸がおかれてあった。

湯から上がった駿太郎の童髪を理髪役が落とし、成人の髪型の月代にした。さらに烏帽子親の舜藍が烏帽子子の駿太郎に烏帽子をつけてくれた。

おりょうは駿太郎の頭から切った童髪を数日前から用意していた箱に大事そうに納めた。「打乱箱《うちみだり》の役」という。

さらに青山家出入りの呉服屋が仕立て直した紋服と烏帽子をつけて、いささか簡易ながらも和気あいあいとした元服の儀式が滞りなく終わった。

「この歳になり孫の烏帽子親を務めるなど考えもしなかったわ」

と祖父の舜藍がほっとした声音で言い、駿太郎がくるりと回って一同に大人になった姿を披露した。

「駿太郎様、元服、おめでとうございます」

と久慈屋昌右衛門が祝いの言葉を真っ先に述べた。

「ご一統様、赤目駿太郎は烏帽子をつけて加冠の儀を終えました。今後ともよろしくご指導のほどお願い申します」

と駿太郎が挨拶を返した。そして、父の小籐次に、

「父上、かように元服の儀式を果たしましたが、駿太郎は大人になったということでしょうか」

と質した。

「それは無学の父よりそなたの祖父御にお尋ねしてみよ」

と小籐次が舜藍を見た。

頷いた舜藍が立ち上がり、床の間に掛け軸がかけられて静かに広げられていった。そこには墨痕鮮やかに、

「赤目駿太郎平次」

とあった。

全員の眼差しが七文字に向けられた。

「祖父上、最後の二文字はどう読めばようございますか」

「へいじ、とも読めるがひらつぐと読んではどうだ。そなたの元服名、諱じゃ」

「赤目駿太郎平次《ひらつぐ》、でございますか」

「いかにもさよう。幼名《ようめい》ながら赤目駿太郎の名は江戸一円に知られていよう。当人の願いもあり、幼名を残し諱を平次とした。ご一統はすでにお察しと思うが、平は駿太郎の実父須藤平八郎どのから、次は養父赤目小籐次から一字ずつもらいうけた」

との舜藍の説明に、

「あー」

と駿太郎だけが驚きの声を漏らし、

「気がつきませんでした、祖父上。赤目駿太郎平次、よい元服名にございます。これにて駿太郎は大人になれました」

「いかにも元服を果たし、諱も祖父上に思案してもらい半人前の大人になった。よいか駿太郎、元服をしたというて一人前の大人になるのではない。これからも修行に修行を重ねて本日の元服に恥じないよう己を育てていくのだ」

「はい。父上と母上の子に相応しい人間になります」

「よういうた」

と北村舜藍が言った。

「父上、母上、ご一統様、赤目駿太郎平次、これより中座してようございますか。

本日は桃井道場も具足開きにございます」

「おお、赤目家では具足開きに元服の儀を合わせせられましたか」

と久慈屋の大番頭観右衛門が言い、

「本日の立役者は駿太郎じゃが、祝いはわれら年寄りが楽しもう。桃井道場に顔出しして参れ」

「この元服の形でようございますか」

「二重に目出度き日じゃ。上様から拝領した古一文字則宗とこたび青山の殿様から頂戴した脇差長谷部国信《はせべくにのぶ》を差して、ご一統様にご披露せよ」

と小籐次が命じ、駿太郎が隣室に下がり、腰に頂戴したばかりの脇差国信と、古一文字則宗を手挟んで祝いの場に戻ってきた。

「おお、なかなかの若武者ぶりかな」

「うちのような御歌学者の家に若武者が加わりましたね」

と北村舜藍とお紅が言い合った。

「よかろう、元服を桃井先生や仲間に披露して参れ」

と小籐次に再び言われて、駿太郎は望外川荘の船着場へと飛んでいった。

アサリ河岸の鏡心明智流の桃井道場では、具足開きというので大勢の門弟が集まっていた。式台の端に履物を脱いだ駿太郎が腰の則宗を外し、右手に下げた。

「御免くだされ」

と式台に上がった駿太郎を岩代祥次郎が見て、ぽかんとした顔をした。

「おい、駿ちゃんじゃないよな」

との問いに兄の岩代壮吾が、

「どうした、祥次郎」

と言いながら弟が対面する若武者を見て、

「なんとなんと、赤目駿太郎、元服をなしたか」

「はい、本日、前髪を落としました」

「うーむ、もはやわれらと付き合うてくれぬか、八丁堀にはかような形の若武者はひとりとしておらぬぞ。なにしろわれら、不浄役人と旗本方から蔑まれておるからな」

と壮吾が自嘲した。

「壮吾さん、本日は格別です。明日からは月代で今までどおり久慈屋の研ぎ場に座ります」

「おお、そうか、ならば道場に入って元服姿を桃井先生やご一同に披露せよ」

と岩代兄弟が駿太郎を連れていくと道場内がしんとした。

「どこのどなただ、祥次郎」

清水由之助が岩代兄弟に尋ね、しばし駿太郎の顔を見て、

「まさかおれの知る赤目駿太郎ではないよな」

とこちらも懐疑の声を上げた。

「清水由之助さん、いかにも赤目駿太郎平次《ひらつぐ》、本日望外川荘にて元服の儀を終えて具足開きに駆け付けました、ために遅くなりました」

との駿太郎の声に、

「おおー」

と桃井道場が沸いた。

「駿ちゃん、月代に触らせてくれないか」

「月代が珍しいですか、同じ屋敷に壮吾さんがおられるではありませんか」

「兄者の額なんぞ触りたくもない。駿ちゃんならどんなに触っても怒らないからな」

「祥次郎さん、私が元服したということは近々年少組の皆さんも元服をなすこと

になります。その折、自分の額に触ってください」

と答えた駿太郎が桃井春蔵ら道場の師範連がいる見所に行き、正座すると改めて元服を報告した。

「桃井先生、元服をしたとはいえ、赤目駿太郎は当道場の年少組門弟に変わりございません。今後もよろしくご指導ください」

と願い、桃井春蔵が満足げに頷いた。

この日、駿太郎は桃井道場では挨拶に留めて、元服姿を鍔職桂三郎とお夕、新兵衛長屋、そして久慈屋に披露してこれまで世話になった礼を述べて回った。

翌日のことだ。南町奉行筒井紀伊守政憲に伴われた定町廻り同心近藤精兵衛は、米沢新田藩上杉家の麻布飯倉片町の上屋敷を訪ねていた。米沢上杉家の支藩の形をとっているが新田藩は、宗家米沢藩の支配下にあり財政機構も特定の領地も持たなかった。

この上屋敷も米沢藩の中屋敷の一部の二千八百坪であり、すべてを本藩に頼っていた。

当代の藩主は上杉佐渡守勝義であった。

かような大名家に町奉行が訪ねてくるなど稀有のことだ。上杉勝義と筒井政憲は、それぞれ家老と内与力だけを伴い対面し、儀礼的な挨拶ののち筒井奉行は同行してきた近藤精兵衛をこの場に呼ぶことを願った。刀袋に入った一剣を携えた近藤が緊張の面持ちで入室し、持参の品を筒井奉行に渡した。

その様子を訝しい顔で警戒する様子の新田藩の主従に、

「佐渡守様、同心近藤精兵衛がご当家の所蔵品であった刀をさる者から入手したとのこと、本日持参した品をご検分下され」

と願った。

「刀にござるな」

との念押しに筒井奉行が頷き、勝義に渡した。しばしそのまま両手で持っていた勝義が刀袋から白鞘の一剣を取り出し、

「うむ」

と漏らして、

「拝見致す」

と言うと鯉口を切って刀身を光に晒した。

その瞬間、上杉主従が驚愕し、

「これは井上真改ではないか」

「さよう心得ます。しかとご検分の上、上杉家の真改なればお納め下され」

「な、なんと、確かにわが上杉家が所蔵の井上真改に間違いござらぬ」

と言葉を漏らした上杉勝義に、

「それは重畳。それがしの役目はこれにて終わりました」

と筒井奉行が辞去しかけると新田藩の家老が、

「子細を知る者は筒井様の他に同席の内与力どのと近藤同心のふたりだけにござるか」

「われらだけと思われてよろしい。上杉家の真改を返却致さば町奉行職の役目は終わり、われらもまた入手の経緯は忘却致す」

しばし言葉を失っていた家老が、

「恐悦至極に御座候、この通りにござる」

と平伏して深謝した。

尼崎藩松平家は江戸城大手門より二十四丁の鉄砲洲に上屋敷があった。譜代大名の松平家が尼崎に入封したのは宝永八年（一七一一）のことで幕末まで七代にわたり続いた。

当代は松平遠江守忠誨《ただのり》であった。

譜代大名の江戸藩邸に町奉行自らが訪れるのは初めてのことだった。忠誨は町奉行に面会したものかどうか迷った末、江戸家老の吉塚秀為の、

「殿、井上真改の一件もございます。対面だけでもなされませぬか」

との言葉を受けて面談することにした。念のために江戸家老の吉塚に質した。

「尼崎から下士の武具方が持ち出した真改の書付はあったのかなかったのか」

「殿、かような場合、公にするのは当家の恥との議論がござって、国家老が内密に藩内での探索を命じました。ですが、すでに野尻誠三郎が藩外に真改を携え逃走してより、長い年月がたっておりまして、残念ながら当家が井上真改を所蔵していた証の書付は見つからぬと尼崎から知らせが入ったばかりにございます」

「うーむ」

と迷った末に松平忠誨は南町奉行に会った。

「筒井どの、なんぞ当家に差し障りがござるかな」

「松平家に町奉行所が関わるような難儀があろうはずもございませぬ。いえ、わが南町奉行の同心、近藤精兵衛が入手した井上真改がご当家のものと判明しまし

たゆえに、ご返却に参りました」

「なに、井上真改を返却とな」

忠誨の驚きのこもった返答に頷くと、

「近藤、そのほうから菊紋真改をご返却いたせ」

と定町廻り同心に命じた。近藤は、

「はっ」

と手に携えてきた一剣を、

「松平様、お受け取りのほどを」

と両手で差し出した。

忠誨が受け取り、江戸家老に、

「当家が所蔵の井上真改を承知の者がおるか」

「殿、武具奉行の伊丹五郎佐が真改についてよう承知しておりまする」

「ならばこの場に呼べ」

と命じた松平忠誨が、

「同心どの、この真改を入手した経緯を予に話してくれぬか」

と願った。

このことは筒井奉行も質されることを推量し、真実を告げるように命じていた。

近藤同心は、相良大八なる者が芝口橋際の紙問屋に押し入り、この店に泊まっていた赤目駿太郎の孫六兼元を強奪しようとして、駿太郎と一対一の勝負を行い、斃された場に偶然にも立ち会った自分が、取調べのために相良が所持していた真改を南町奉行所に持ち帰っていた事情を告げた。

「同心どの、相良大八なる者は当家と関わりがござるか」

と江戸家老吉塚が問うた。

「この者が所持していた手形には尼崎藩武具方野尻誠三郎とございました」

「当家の元下士と思しき者が商家に押し入るなど不埒《ふらち》をなしたか」

と吉塚が呻いたとき、伊丹五郎佐が緊張の体で廊下に座した。

「伊丹、この一剣を改めよ」

と言われ、入室して殿から受け取った伊丹が、

「御免下され」

と許しを乞い、刀の鯉口を切って刀身を庭に向けて抜いた。さらには柄の目釘を抜き、茎の表銘と裏銘を鑑定して、

「殿、お確かめを」

と松平忠誨に返した。

「おおー」

と感嘆の声を漏らした忠誨に、

「当家が所蔵していた井上真改に間違いございません」

と武具奉行の伊丹五郎佐が言い添えた。

「伊丹、ご苦労であった」

と江戸家老が武具奉行をこの場から去らせると、

「近藤どのと申したか。野尻誠三郎と赤目駿太郎が立ち合ったと申したな」

「殿様、その折は野尻誠三郎とは申さず一介の浪人相良大八にございました。一見ひ弱《よわ》に見えるこの者と赤目駿太郎の勝負、菊紋真改と孫六兼元の戦いでもございました」

「赤目駿太郎と申すは赤目小籐次の一子と聞いたがさようか」

「いかにもさようにございます」

「赤目小籐次の一子、いくつに相なるか」

「ただいまは十四歳にございますが、戦の折は十三にございました」

「なに、十三歳で真剣勝負をなしたか」

「赤目小籐次どのの一子でござれば、これまで幾たびか修羅場を潜っております。相良大八と打ち合いの後、最後に上段からの一撃にて見事に斃しました」

「ならば当家に菊紋真改が戻ったのは赤目駿太郎と申す当年とって十四歳の若武者の手柄であるか」

「いかにもさようにございます。それがし、同じ道場の兄弟子ながら駿太郎には太刀打ちできませぬ」

　と近藤同心が正直に告げた。

　近藤精兵衛を正視した忠誨が、

「赤目駿太郎に予が礼を申していたと伝えてくれぬか」

「はっ、承りました」

　忠誨の眼差しが筒井政憲に戻り、

「筒井どの、南町奉行所にも気遣いをさせたな」

「なんのことがございましょうや。上様の前で来島水軍流の技を披露した赤目駿太郎のこと、この騒ぎ一切表にでることはございません」

　と約定して、二口の真改は元の持ち主に戻った。

　南町定町廻り同心近藤精兵衛の失態はかくて償われた。

その刻限、赤目小籐次と駿太郎は芝元札之辻にある森藩江戸藩邸で八代目藩主久留島通嘉と対面していた。

駿太郎の頭に視線をやった通嘉が無言で見ていたが、

「元服を為したか」

と険しい声音で質した。

「十四歳を迎えましたゆえ加冠を為しました」

小籐次の返答にしばし沈思した通嘉が、

「烏帽子親はどなたか」

と懸念を質した。

「母りょうの父、御歌学者の北村舜藍に願い、内々にて済ませました。ただ今は赤目駿太郎平次でござる」

「なに祖父に烏帽子親を願ったか」

平次の意を通嘉は尋ねようとはせず、

「そうか、祖父に願ったか」

とどことなく安堵した声音で漏らし、

「赤目小籐次、そのほう、常々忠義を尽くすはこの通嘉一人というていたな」

と話柄を変えた。

小籐次はさような言葉を口にしたことはない。が、もはや小籐次自らが武家奉公など考えていないのは事実だ。ゆえに無言で頷いた。

「そのほう森藩の国許に行ったことはあるか」

「それがし、旧藩に奉公していた折、下屋敷の厩番にございましたゆえ、国表を訪ねたことはございませぬ」

「予はこの四月に御暇になる。赤目小籐次、駿太郎、わが領地豊後国玖珠《くす》郡の森に予と同道せよ」

と命じた。

小籐次はまさかの言葉に即答が出来なかった。

（なんぞ格別な意があるのか）

「予の命である。断りはできぬ」

と久留島通嘉が言い切った。

小籐次は沈黙し、駿太郎も一言も発しなかった。

文政十年新春のことだった。

この作品は文春文庫のために書き下ろされたものです。

文春文庫

雪《ゆき》見《み》酒《ざけ》
新《しん》・酔《よ》いどれ小籐次《ことうじ》(二十一)

定価はカバーに
表示してあります

2021年11月10日　第1刷

著　者　佐《さ》伯《えき》泰《やす》英《ひで》
発行者　花田朋子
発行所　株式会社　文藝春秋

東京都千代田区紀尾井町 3-23　〒102-8008
TEL 03・3265・1211(代)
文藝春秋ホームページ　http://www.bunshun.co.jp

落丁、乱丁本は、お手数ですが小社製作部宛お送り下さい。送料小社負担でお取替致します。

印刷・凸版印刷　製本・加藤製本
Printed in Japan
ISBN978-4-16-791775-3

（　）内は解説者。品切の節はご容赦下さい。

佐伯泰英
神隠し
新・酔いどれ小籐次（一）

背は低く額は禿げ上がり、もくず蟹のような顔の老侍で、無類の大酒飲み。だがひとたび剣を抜けば来島水軍流の達人である赤目小籐次が、次々と難敵を打ち破る痛快シリーズ第一弾！

さ-63-1

佐伯泰英
願かけ
新・酔いどれ小籐次（二）

一体なんのご利益があるのか、研ぎ仕事中の小籐次に賽銭を投げて拝む人が続出する。どうやら裏で糸を引く者がいるようだが、その正体、そして狙いは何なのか――。シリーズ第二弾！

さ-63-2

佐伯泰英
桜吹雪《はなふぶき》
新・酔いどれ小籐次（三）

夫婦の披露目をし、新しい暮らしを始めた小籐次。呆けが進んだ長屋の元差配のために、一家揃って身延山久遠寺への代参の旅に出るが、何者かが一行を待ち受けていた。シリーズ第三弾！

さ-63-3

佐伯泰英
姉と弟
新・酔いどれ小籐次（四）

小籐次に斃された実の父の墓石づくりをする駿太郎と、父のもとで鋳職人修業を始めたお夕。姉弟のような二人を見守る小籐次に、戦いを挑もうとする厄介な人物が―。シリーズ第四弾。

さ-63-4

佐伯泰英
柳に風
新・酔いどれ小籐次（五）

小籐次は、新兵衛長屋界隈で自分を尋ねまわる怪しい輩がいると知り、読売屋の空蔵に調べを頼む。これはネタになるかと張り切る空蔵だが、その身に危機が迫る。シリーズ第五弾！

さ-63-5

佐伯泰英
らくだ
新・酔いどれ小籐次（六）

江戸っ子に大人気のらくだの見世物。小籐次一家も見物したが、そのらくだが盗まれたうえに身代金を要求された！　なぜか小籐次が行方探しに奔走することに……。シリーズ第六弾！

さ-63-6

佐伯泰英
大晦《おおつごも》り
新・酔いどれ小籐次（七）

火事騒ぎが起こり、料理茶屋の娘が行方知れずになる。同時に焼け跡から御庭番の死体が見つかっていた。娘は事件を目撃して攫われたのか？　小籐次は救出に乗り出す。シリーズ第七弾！

さ-63-7

（　）内は解説者。品切の節はご容赦下さい。

佐伯泰英
夢三夜
新・酔いどれ小籐次（八）
新年、宴席つづきの上に町奉行から褒美を頂戴した小籐次を、刺客が襲った。難なく返り討ちにしたが、その刺客の雇い主に気づいたおりょうは動揺する。黒幕の正体、そして結末は？
さ-63-8

佐伯泰英
船参宮
新・酔いどれ小籐次（九）
心に秘するものがある様子の久慈屋昌右衛門に請われ、伊勢へ同道することになった小籐次。地元の悪党や妖しい黒巫女が行く手を阻もうとするところ、無事に伊勢に辿り着けるのか？
さ-63-9

佐伯泰英
げんげ
新・酔いどれ小籐次（十）
北町奉行所から極秘の依頼を受けたらしい小籐次が、嵐の夜に小舟に乗ったまま行方不明に。おりょうと駿太郎、そして江戸中の人々が小籐次の死を覚悟する。小籐次の運命やいかに!?
さ-63-10

佐伯泰英
椿落つ
新・酔いどれ小籐次（十一）
小籐次が伊勢参りの折に出会った三吉が、強葉木《つばき》谷の精霊と名乗る謎の相手に付け狙われ、父を殺された。敵は人か物の怪か。三吉を救うため、小籐次と駿太郎は死闘を繰り広げる。
さ-63-11

佐伯泰英
夏の雪
新・酔いどれ小籐次（十二）
将軍にお目見えがなった小籐次は見事な芸を披露して喝采を浴びるが、大量の祝い酒を贈られて始末に困る。そんな折、余命わずかな花火師の苦境を知り、妙案を思いつくが……。
さ-63-12

佐伯泰英
鼠草紙《ねずみのそうし》
新・酔いどれ小籐次（十三）
小籐次一家は、老中青山の国許であり駿太郎の実母・お英が眠る丹波篠山へと向かう。実母の想いを感じる駿太郎だったが、お家再興を諦めないお英の兄が、駿太郎を狙っていた。
さ-63-13

佐伯泰英
旅仕舞
新・酔いどれ小籐次（十四）
残忍な押込みを働く杉宮の辰麿一味が江戸に潜入したらしい。探索の助けを求められた小籐次は、一味の目的を探るうち、標的が自分の身辺にあるのではと疑う。久慈屋に危機が迫る！
さ-63-14

文春文庫　佐伯泰英の本

（　）内は解説者。品切の節はご容赦下さい。

佐伯泰英
鑓騒ぎ
新・酔いどれ小籐次（十五）

小籐次の旧主・久留島通嘉が何者かに「新年登城の折、御鑓先を頂戴する」と脅された。これは「御鑓拝借」の意趣返しか？　藩を狙う黒幕の正体は、そして小籐次は旧主を救えるか？

さ-63-15

佐伯泰英
酒合戦
新・酔いどれ小籐次（十六）

十三歳の駿太郎はアサリ河岸の桃井道場に入門、年少組で稽古に励む。一方、肥前タイ捨流の修行者に勝負を挑まれた小籐次は、来島水軍流の一手を鋭く繰り出し堀に沈めてみせるが——。

さ-63-16

佐伯泰英
鼠異聞 上下
新・酔いどれ小籐次（十七・十八）

「貧しい家に小銭を投げ込む」奇妙な事件が続く中、高尾山薬王院へ紙を納める久慈屋の旅に、息子の駿太郎らとともに同行する小籐次。道中で、山中で、一行に危険が迫る！

さ-63-17

佐伯泰英
青田波
新・酔いどれ小籐次（十九）

「幼女好み」の卑劣な男から、盲目の姫君を救ってほしい。小籐次に助けを求めるのは、江戸中を騒がせるあの天下の怪盗!?　武家の官位を左右する力を持つ高家肝煎を相手にどうする。

さ-63-19

佐伯泰英
三つ巴
新・酔いどれ小籐次（二十）

小籐次の新舟「研ぎ舟蛙丸」の姿に江戸中が沸く中、悪事を重ねるニセ鼠小僧。元祖鼠小僧・奉行所・そして小籐次が、普段ならありえないタッグを組んでニセ者の成敗に乗り出す！

さ-63-20

佐伯泰英
小籐次青春抄
品川の騒ぎ・野鍛冶

豊後森藩の厩番の息子・小籐次は野鍛冶に婿入りしたかつての悪仲間を手助けに行くが、その村がやくざ者に狙われているのを知り一計を案じる。若き日の小籐次の活躍を描く中編二作。

さ-63-50

佐伯泰英
御鑓拝借《おやりはいしゃく》
酔いどれ小籐次（一）決定版

森藩への奉公を解かれ、浪々の身となった赤目小籐次、四十九歳。胸に秘する決意、それは旧主・久留島通嘉の受けた恥辱をすすぐこと。仇は大名四藩。小籐次独りの闘いが幕を開ける！

さ-63-51

（　）内は解説者。品切の節はご容赦下さい。

佐伯泰英
意地に候
酔いどれ小籐次（二）決定版
御鑓拝借の騒動を起こした小籐次は、久慈屋の好意で長屋に居を定め、研ぎを仕事に新たな生活を始めた。だが威信を傷つけられた各藩の残党は矛を収めていなかった。シリーズ第2弾！
さ-63-52

佐伯泰英
寄残花恋《のこりはなよするこい》
酔いどれ小籐次（三）決定版
小金井橋の死闘を制した小籐次は、生涯追われる身になったと悟り甲斐国へ向かう。だが道中で女密偵・おしんと知り合い、ともに甲府を探索することに。新たな展開を見せる第3弾！
さ-63-53

佐伯泰英
一首千両
酔いどれ小籐次（四）決定版
鍋島四藩の追腹組との死闘が続く小籐次だったが、さらに江戸の分限者たちが小籐次の首に千両の賞金を出し、剣客を選んで襲わせるという噂が…。小籐次の危難が続くシリーズ第4弾！
さ-63-54

佐伯泰英
孫六兼元
酔いどれ小籐次（五）決定版
久慈屋の依頼で芝神明の大宮司を助けることになった小籐次。社殿前の賽銭箱に若い男が剣で串刺しにされ、死んでいたという。大宮司は、小籐次に意外すぎる秘密を打ち明けた――。
さ-63-55

佐伯泰英
騒乱前夜
酔いどれ小籐次（六）決定版
自ら考案した行灯づくりの指南に水戸に行くことになった小籐次。だがなぜか、同行者の中に探検家・間宮林蔵の姿が。幕府の密偵との噂もある彼の目的は何なのか？　シリーズ第6弾！
さ-63-56

佐伯泰英
子育て侍
酔いどれ小籐次（七）決定版
刺客、須藤平八郎を討ち果たし、約定によりその赤子、駿太郎を引き取った小籐次。周囲に助けられ〝子育て〟に励む小籐次だったが、駿太郎の母と称する者の影が見え隠れし始め……。
さ-63-57

佐伯泰英
竜笛嫋々《りゅうてきじょうじょう》
酔いどれ小籐次（八）決定版
おりょうに持ち上がった縁談。だがおりょうは不安を小籐次に吐露する。相手の男の周りは不穏な噂が絶えない。そして、おりょうの突然の失踪――。想い人の危機に、小籐次どう動く？
さ-63-58

（　）内は解説者。品切の節はご容赦下さい。

佐伯泰英
春雷道中
酔いどれ小籐次（九）決定版

行灯の製作指南と、久慈屋の娘と手代の結婚報告のため水戸に向かった小籐次一行。だが密かに久慈屋の主の座を狙っていた番頭が、あろうことか一行を襲撃してくる。シリーズ第9弾！

さ-63-59

佐伯泰英
薫風鯉幟《くんぷうこいのぼり》
酔いどれ小籐次（十）決定版

野菜売りのうづが姿を見せず、心配した小籐次が在所を訪ねると、彼女に縁談が持ち上がっていた。良縁かと思いきや、相手は厄介な男のようだ。窮地に陥ったうづを小籐次は救えるか？

さ-63-60

佐伯泰英
偽小籐次
酔いどれ小籐次（十一）決定版

小籐次の名を騙り、法外な値で研ぎ仕事をする男が現れた！その男の正体を探るため小籐次は東奔西走するが、裏には予想外の謀略が……。真偽小籐次の対決の結末はいかに!?

さ-63-61

佐伯泰英
杜若《とじゃく》艶姿《あですがた》
酔いどれ小籐次（十二）決定版

当代随一の女形・岩井半四郎から芝居見物に誘われた小籐次は、束の間の平穏を味わっていた。しかしそれは長く続かず、久慈屋に気がかりが出来。さらに御鑓拝借の因縁が再燃する。

さ-63-62

佐伯泰英
野分《のわき》一過《いっか》
酔いどれ小籐次（十三）決定版

野分が江戸を襲い、長屋の住人達は避難を余儀なくされた。そのさ中、小籐次は千枚通しで殺された男を発見。その後、同じ手口で殺された別の男も発見され、事態は急変する……。

さ-63-63

佐伯泰英
冬日淡々
酔いどれ小籐次（十四）決定版

小籐次は深川惣名主の三河蔦屋に請われて、成田山新勝寺詣でに同道することに。だが物見遊山に終わるわけはなく、一行を付け狙う賊徒に襲われる。賊の正体は、そして目的は何か？

さ-63-64

佐伯泰英
新春歌会
酔いどれ小籐次（十五）決定版

師走、小籐次は永代橋から落ちた男を助ける。だが男は死に、謎の花御札が残された。探索を始めた小籐次は、正体不明の武家に待ち伏せされる。背後に蠢く、幕府をも揺るがす陰謀とは？

さ-63-65

（　）内は解説者。品切の節はご容赦下さい。

佐伯泰英
旧主再会
酔いどれ小籐次（十六）決定版

旧主・久留島通嘉に呼び出された小籐次は、思いがけない依頼を受ける。それは松野藩藩主となった若き日の友の窮地を救うことだった。旧主と旧友のために、小籐次は松野へ急ぐ。

さ-63-66

佐伯泰英
祝言日和
酔いどれ小籐次（十七）決定版

公儀の筋から相談を持ちかけられた小籐次。御用の手助けは控えたかったが、外堀は埋められているようだ。久慈屋のおやえと浩介の祝言が迫るなか、小籐次が巻き込まれた事件とは？

さ-63-67

佐伯泰英
政宗遺訓
酔いどれ小籐次（十八）決定版

長屋の空き部屋から金無垢の根付が見つかった。歴代の持ち主は小籐次ゆかりのお大尽を始め有名人ばかり。お宝をめぐって長屋の住人からお殿様まで右往左往の大騒ぎ、決着はいかに？

さ-63-68

佐伯泰英
状箱騒動
酔いどれ小籐次（十九）決定版

水戸へ向かった小籐次は、葵の御紋が入った藩主の状箱が奪われるという事件に遭遇する。葵の御紋は権威の証。誰が何のためにやったのか？　書き下ろし終章を収録、決定版堂々完結！

さ-63-69

佐伯泰英
奈緒と磐音
居眠り磐音

〝居眠り磐音〟が帰ってきた！　全五十一巻で完結した平成最大の人気シリーズが復活。夫婦約束した磐音と奈緒の幼き日々から悲劇の直前までを描き、万感胸に迫るファン必読の一冊。

さ-63-70

佐伯泰英
武士の賦
新・居眠り磐音

〝でぶ軍鶏〟こと重富利次郎、朋輩の松平辰平、そして雑賀衆女忍びだった霧子。佐々木道場の門弟で、磐音の弟妹ともいうべき若者たちの青春の日々を描くすがすがしい連作集。

さ-63-71

佐伯泰英
初午祝言
新・居眠り磐音

品川柳次郎とお有の祝言を描く表題作や、南町奉行所与力の笹塚孫一が十七歳のとき謀略で父を失った経緯を描く「不思議井戸」など、磐音をめぐる人々それぞれの運命の一日。

さ-63-72